Mary Dorsan

La Déflagration

Roman

P.O.L
33, rue Saint-André-des-Arts, Paris 6e

ISBN : 978-2-8180-6387-3
www.pol-editeur.com

Un avenir c'est du luxe, ça ne court pas les rues.
Elfriede Jelinek

Dans un hennissement, le cheval rua,
en proie à des visions de ses tripes arrachées.
William Kotzwinkle

Nous nous sommes quittés, c'était dans l'ordre des choses. Nous devions nous séparer alors nous nous sommes imposé, dans ce hall de gare, ouvert au vent glacial, la sobriété. Et j'ai réussi : j'ai intimidé mes larmes. Effrayées, elles se sont cachées.

La séparation a eu lieu au milieu d'une foule où chacun se débrouillait avec de grandes fuites ou de petites échappées, tandis que des haut-parleurs diffusaient des informations ignorées parce que insignifiantes ou inaudibles.

Je t'ai pris dans mes bras comme si tu avais dix ans. Tu m'as dit je t'aime et je t'ai dit je t'aime. L'ai-je dit la première ? Ou est-ce toi ? Je ne voulais pas pleurer ; j'étais trop occupée à me surveiller, je ne sais plus qui a d'abord parlé d'amour.

Tu es parti en manteau d'hiver kaki, un cadeau de ton père. Il te l'a acheté deux jours avant ton départ, à quelques semaines de Noël, dans un magasin de sport du grand centre commercial de notre banlieue.

Après moi, c'est ton père qui t'a pris dans ses bras. J'avais reculé, je ne voyais plus que ton dos et son visage. Ses yeux ont rougi, se remplissant tout à coup de son infinie tristesse. Et puis votre étreinte s'est relâchée. Reculant, tu as découvert ses traits défaits, ses mâchoires serrées. Lui non plus ne voulait pas éclater en sanglots.

Tes joues ont rosi. Tu as esquissé un nouveau pas en arrière, tu as regardé ton père, ils ont duré quelques instants, vos regards accrochés, éternels. Enfin, ce grand gaillard, notre fils, épaules larges, bras musclés, cheveux courts, s'est retourné, il a rejoint la foule des voyageurs – elle t'a absorbé, elle t'a emporté. Effacé.

Si ta décision avait une couleur, ce serait celle de ce blouson neuf. La couleur de ton avenir, se dit-on. Et cette couleur déteindra dorénavant sur nos pensées et nos cauchemars. Combien de temps, nous ne le savons pas.

Nous avons si peur qu'il t'arrive malheur que nous ne savons pas ce que nous désirons pour toi, la réussite ou l'échec. Mais ce n'est pas une chose à penser ou à dire. Alors nous espérons que tu réussiras.

Et soudain, nous avons remarqué que nos pieds, nos mains et le bout de notre nez étaient gelés. Nous avons quitté la gare, on s'est dépêchés, il fallait se réchauffer, aller au boulot. Ton père a dit que ce premier après-midi seul, sans toi, serait difficile, à la maison. Lui était en télétravail, avec ce vide que tu laissais.

Nous étions frigorifiés car, avant l'attente à la gare, nous avions déjà longuement patienté sur le parvis du centre d'affaires de notre banlieue où le brouillard effaçait le sommet des tours comme tu allais être effacé de nos vies, pensions-nous. Alors nous avons rempli l'attente de souvenirs précieux et d'anecdotes amusantes. Accueillant et rejetant la nostalgie pendant que l'heure du rendez-vous fatidique se rapprochait. Celui de la signature du contrat, de la remise de ton billet de train. Un aller *sans retour*. Ce billet manquant nous affole. Il concrétise la déflagration qu'est ton engagement. Nous semblons croire que nous ne te reverrons *jamais plus*. Ton départ est une terreur.

Tu es parti et nos pensées se sont entièrement tournées vers toi. Tu es parti et tu prends toute la place. Ton absence est une présence totale.

La gorge nouée, nous avons quitté la gare. En silence et comme des automates, nous nous sommes dirigés vers le métro. La rame était bondée, la foule nous a séparés. Entre les passagers restés debout, je distinguais de ton père le dos, la nuque, la tête, les cheveux coupés très court. Et j'ai songé aux tiens, plus courts encore. Je ne m'attendais pas à cette transformation-là.

Fracas du métro et de la guerre : ils se répondaient ce matin.

Poupée de chiffon secouée par la rame qui fonçait en grinçant le long des tunnels, je pensais à toi. Je te revoyais, disparaissant indéfiniment, en blouson kaki, les cheveux rasés, avec ton sac à dos kaki. Je te revoyais, encombré de nos vieilles valises, celles des années passées, des voyages passés. Cette dernière image de toi revenait en boucle – une répétition lancinante.

J'avais pris ma matinée en vue de t'accompagner à la gare. À midi passé, je suis arrivée au travail. Aux collègues, j'ai seulement concédé que ton départ était *sans doute définitif.* Où tu allais, ce que tu ferais, je n'en ai rien dit, je dois d'abord m'habituer. À ton départ, notre séparation, ton engagement.

Quand je suis rentrée, il y avait ta chambre vide, l'appartement vide de toi. Notre vie tout entière, vide de toi. Ton absence est un excès d'absence. Un arrachement et une angoisse tels que nous n'en avons jamais connus. Nous sommes fissurés. Mais nous nous recollerons, l'écriture sera la colle.

Déflagration.

Une longue et lente déflagration bouscule nos vies. Elle est silencieuse, elle est intérieure, ses dégâts sont invisibles.

Déflagration parce que tu as décidé d'entrer dans l'Armée, que tu as choisi l'Infanterie, que tu veux devenir soldat. Tu t'es engagé.

Ton engagement est une déflagration.

Déflagration parce que, devenant soldat, tu te rapproches de la guerre.

Déflagration parce que la guerre débarque brusquement chez nous. Elle est entrée dans notre appartement en y faisant le vide, elle t'a comme aspiré, arraché à ta chambre, à ton ordinateur, à notre vie quotidienne chaude et douce.

Je le refuse et je l'accepte : un jour peut-être, tu partiras et tu ne rentreras pas. Un jour peut-être, la guerre te prendra. Un jour peut-être, la guerre nous blessera tous dans notre chair. Nos vies tranquilles, que nous croyions épargnées, seront déchiquetées.

Incrédules, recouverts de poussière peut-être, sanguinolents peut-être, nous nous réveillerons de notre torpeur, dans un tas de ruines.

Déflagration.

Le temps explose, il n'y a plus de calendrier, les jours sont sens dessus dessous, en morceaux.

Hier, je me suis levée à quatre heures du matin. À mon tour, j'avais un train à prendre. Contrairement à toi, j'avais un billet retour ; je rentrerais à l'issue d'une formation professionnelle intitulée *Sensibilisation à la radicalisation*.

Moi qui suis déjà trop sensible…

Voilà que nos directions sont diamétralement opposées. Moi, voyageant seule vers le nord. Toi, voyageant seul vers le sud. Mais au centre de mes pensées. Que voyais-tu, à quoi pensais-tu, dans ce train qui t'éloignait de nous ?

Autour de moi, on tenait des téléphones, on s'envoyait des textos. Toi et moi, nous n'en avons jamais échangé. Jamais nos journées n'ont été rythmées par l'envoi de petits messages. Je ne possède pas de téléphone portable. Quand tu seras là-bas, quand tu enverras des messages, ce sera ton père qui les recevra ; il me les transmettra.

Ce premier soir sans toi, peu avant que je ne me couche, dans l'appartement rendu étrangement silencieux par ton absence, quand tu es arrivé à destination, ton père est venu m'annoncer la nouvelle. Il est venu vers moi avec son téléphone. Il m'a montré la première photo que tu nous envoyais.

Sur cette photo, à tes pieds, on apercevait tes bagages usés. Et je me suis étonnée qu'ils ne t'embarrassent pas. Car tu es parti sans dénouer ou couper les rubans colorés que j'avais attachés aux poignées et fermetures éclair de ces valises pour les distinguer de toutes les autres valises bleues ou noires qui pullulent dans les gares et les aéroports. Ces reliques de ton enfance, de nos voyages en commun, tu les as emportées *enrubannées* à l'Armée. Une vision cocasse. Ou dérangeante ? Aurais-je dû ôter ces rubans avant ton départ ? Aurions-nous d'autres nœuds à dénouer ?

Il faudrait que je sois impitoyable avec moi-même. Que j'aie ce courage-là. Que je puisse me demander quelle mère j'aurais voulu être, quelle mère j'ai été. Quelle mère je suis devenue. Quelle mère je peux encore être.

Je me suis concentrée sur la formation et puis elle s'est terminée. J'ai attendu le train du retour dans un café. Sans impatience, parce que je l'ai décidé : je vais t'écrire. Ce sera le livre de ton départ, l'histoire de notre séparation. Il recueillera ce que je n'ai pas pu te dire, ce que je n'ai pas pu être pour toi. Parce que j'ai été une mère trop occupée par son métier. Je lui ai trop donné, sans doute.

Tout près de la porte du café qui s'ouvrait et se fermait, songeant à tous ceux qui entrent et sortent de nos vies, je me suis préparée à repousser le vide. Celui que tu lègues.

Le matin de ton départ, ton père m'avait demandé si je voulais ta dernière photo d'identité. C'est-à-dire la plus récente, la première où tu as les cheveux rasés. J'ai dit oui, bien sûr.

Jusqu'à la fin de l'été, tu as eu les cheveux longs et bouclés. Ils formaient une énorme tignasse autour de ton visage rond. Tu avais dû t'en débarrasser en amont des épreuves de sélection, trois jours à la fin du mois d'août.

Avant que tu ne te rendes chez le coiffeur, j'avais coupé plusieurs mèches de tes cheveux entortillés, les glissant à l'intérieur d'une enveloppe, ensuite égarée entre deux piles de livres sur une bibliothèque du salon.

Tu nous as raconté la scène, l'hésitation du premier coiffeur, son recul, puis son refus. Couper tes boucles, il ne le pouvait pas, c'était au-dessus de ses forces. Un second coiffeur s'est avancé, lui s'est résolument emparé de la tondeuse. Tu nous as raconté la photo qu'ils ont prise de toi, assis dans le fauteuil du salon de coiffure. Tu nous as fait rire, ton père et moi, avec ta description des deux coiffeurs, l'un affolé, l'autre décidé.

Depuis ce jour, nous nous familiarisons avec ton nouveau visage, ton visage dégagé, dévoilé.

À l'Armée, une stricte discipline te sera imposée, tu devras t'y soumettre, tu le veux. Il y a cette nouveauté stupéfiante, tu veux être contraint. Tu me l'as affirmé droit dans les yeux, vrillant ton regard exigeant dans le mien :

– Je veux être obligé d'obéir à un ordre.

Tu étais si catégorique. Le dos à la fenêtre, je n'ai pas réagi, pas répondu. Tu étais campé devant moi, à l'entrée de notre minuscule cuisine. Ton corps d'homme et ses larges épaules prenaient, entre le frigo et le mur, toute la place.

Vingt ans plus tôt, l'étroitesse de cette pièce nous avait presque dissuadés d'emménager dans cet appartement sur cour, mais son extraordinaire fraîcheur, sa miraculeuse fraîcheur avait eu raison de notre hésitation. La canicule qui sévissait lors de cet été torride et meurtrier semblait irréelle : là, il faisait frais, on pouvait se croire dans un sous-bois. Durant la visite, on se sentait déjà chez nous, à l'abri du monde.

Et tu as grandi et abandonné ta chambre en désordre. Cet invraisemblable capharnaüm que je ne suis jamais parvenue à te faire ranger.

Tu te prépares à être appelé à défendre ton pays ou un pays allié, une démocratie contre une dictature. Foutu Poutine, foutus oligarques, saloperies de guerres. À quels futurs conflits, à quels massacres vas-tu te retrouver mêlé ?

J'ai si peur que tu y laisses ta peau.

Tu es parti mais nous ne rentrons pas encore dans ta chambre. Nous nous en approchons, nous retournons au seuil de cette pièce mais nous restons en retrait, dans l'embrasure de la porte, contemplant le fauteuil vide face à l'écran noir de ton ordinateur éteint. Ton bureau, son désordre. Les vêtements répandus sur le parquet. Nous regardons l'absence, nous écoutons le silence. Ton corps, tes cris, tes éclats de rire nous manquent. Et je pense : ce terrible silence est l'écho assourdi d'une guerre.

Mais cette pensée ne devait pas gagner de terrain alors je me suis levée et je suis sortie marcher. Dans la nuit froide, j'ai marché vite, longeant la résidence militaire voisine où résonnaient des hurlements. Ça exultait à l'intérieur de ces appartements : « On est en demie ! On est en demie ! » Les cris de victoire s'échappaient par une fenêtre entrouverte. Je distinguais, au milieu d'un salon, des silhouettes sautant de joie. Je ne me suis pas arrêtée, je n'ai pas ralenti.

Tandis que j'arrivais à la hauteur d'un restaurant branché, le voiturier m'a lancé : « Madame ! Madame ! La France a gagné ! » Mais je me fichais royalement de cette victoire, je m'en contrefoutais phénoménalement. Sa soumission au fric des gourmands fortunés, son adulation des sportifs millionnaires, son patriotisme de pacotille, ce stupide voiturier, il pouvait se les mettre où je pensais. La colère, mauvaise, m'étreignait, j'aurais voulu rappeler à ce type la guerre à laquelle son pays et ses soldats se préparaient. J'aurais voulu dire les morts et les blessés, les victimes innocentes. J'aurais voulu être cinglante. Mais cette colère, je l'ai jugulée, je me suis tue, j'ai laissé ce pauvre homme à sa joie et à son déni.

J'ai rejoint le pont de la banlieue voisine depuis lequel, penchée sur la rambarde, j'ai contemplé longtemps la robe noire et plissée du fleuve, recouvert de sombres diamants, qui scintillaient à la lumière des lampadaires. Et j'ai rebroussé chemin. Le long des quais, voitures et scooters klaxonnaient frénétiquement. Un deux-roues arborait même un grand drapeau français monté sur une tige. Le tissu tremblait dans la nuit, je tremblais dans la nuit.

Ce soir-là nous est parvenue une deuxième photo. Tu l'as envoyée à ton père qui me l'a montrée. Elle est floue, un autre l'a prise. Ce soir-là, je t'ai vu tenant une arme. C'était avant la fin du match, l'équipe de France était opposée à l'Angleterre. Ton père, lui, était doucement heureux que l'équipe du Maroc ait passé les quarts de finale d'une Coupe du monde pour la première fois de son histoire – un exploit. Mais le plaisir de ton père est écorné à cause de l'arme qui barre ton torse sur une photo.

Et je me suis souvenue de cette question posée par la psychologue qui animait la formation *Sensibilisation à la radicalisation* : « Comment fait-on avec l'angoisse de mort ? On vend des armes ? » Ou on intègre l'Armée, m'étais-je dit.

Et moi : est-ce que je peux affirmer que jamais je n'ai voulu tenir une arme dans mes mains ?

Dans un vieux manuscrit poussiéreux, écrit quand j'étais enceinte de toi, j'avais un double vengeur. Elle s'appelait Alice, fabriquait des explosifs dans le garage sous-terrain de son immeuble et les transportait dissimulés sous la poussette de son fils jusqu'à sa cible – pas des hommes, non, des bâtiments, uniquement des bâtiments, et très soigneusement choisis. La nuit, lorsque certaines administrations étaient désertes, Alice réglait ses comptes.

Une nuit, je t'ai vu, souriant, en plein jour, une mitraillette reposant contre ton épaule et ce n'était pas de la fiction, tu n'étais pas un figurant, ce n'était pas du cinéma, ce n'était pas un film, ça m'a tordu les boyaux.

Demain sera le deuxième vendredi depuis ton départ. Depuis cette rupture, plus de dates, je compte les jours autrement.

Nous pensions que tu partais pour six mois, une éternité de jours et de temps. Pendant ces six mois, nous ne pensions pas te revoir.

C'était ce que nous avions compris.

Mais nous avions mal compris : nous pouvons venir te rejoindre. Tu nous as appelés, nous annonçant qu'il allait y avoir une cérémonie, que les familles étaient invitées. Nous avons appris qu'à l'issue de cette cérémonie tu pourrais rentrer avec nous pour les Fêtes de fin d'année.

C'était presque magique, ce jeudi soir, le ménage n'était plus une corvée mais un élan, un tourbillon heureux. Je virevoltais à travers l'appartement. Mais soudain, j'ai songé à la manière dont on se leurrait en imaginant que la guerre jamais ne pourrait nous atteindre, nous, ici. Soudain, le souci a fondu sur sa proie, un rapace intérieur m'a griffée, la tristesse a coulé. J'aurais dû continuer à me réjouir de nos retrouvailles imminentes, or je ne le pouvais plus. Je n'avais plus d'estomac mais une pierre triste et lourde à la place du ventre. Comme un bec, une question unique cognait contre mon crâne : qu'allait-il t'arriver ?

Dans le train lent et vétuste qui nous a conduits vers toi, après le travail, le lendemain, vendredi soir, ton père s'est endormi et j'ai lu. Jusqu'à ce que le manège du jeune homme assis en face de ton père attire mon attention. Il tirait sur ses mèches comme si elles pouvaient être rallongées. Sur l'écran de son portable transformé en miroir, il se contemplait. Du bout des doigts, il ajustait et réajustait soigneusement ses cheveux. Ce garçon avait ton âge et une longue frange derrière laquelle il se cachait. Le regardant, je pensais à toi, à ton crâne tondu. Et je suis retournée à la lecture de mon roman.

Puis le jeune homme a commencé à se gratter, au pli du coude gauche. Il avait remonté sa manche et se grattait férocement, méthodiquement. Ses ongles ont longtemps raclé sa peau rouge, qu'il fixait. Puis il a rabaissé cette manche et remonté l'autre pour s'attaquer au pli de son coude droit. J'étais hypnotisée, il l'était aussi, il scrutait sa chair écarlate, les perles vermeilles, il en oubliait les voyageurs autour de lui. Après les bras, le jeune homme est passé aux épaules, ça s'est éternisé, d'abord une épaule puis l'autre. Il a ensuite griffé ses aisselles, longuement, l'une après l'autre. Ça le démangeait terriblement. Je le plaignais. Lui ignorait que je l'observais. Je n'existais pas. Seule sa peau à lui, en feu, existait. Sa peau flambait.

Le train a ralenti, s'est immobilisé. L'écorché s'est levé, a empoigné son sac rangé en hauteur, s'est précipité vers les portes, a disparu. Le train s'est ébranlé, est reparti, fendant l'obscurité. J'ai fermé les yeux quelques instants, les ai rouverts avec cette pensée : l'uniforme était ta deuxième peau. Je me suis tournée vers la nuit dehors : au loin, un village clignotait. J'ai pensé à la mère du garçon lacéré, elle devait tellement s'inquiéter pour lui.

Samedi, réveil matinal à l'hôtel. Petit déjeuner englouti fissa, et nous étions dehors. Ciel bleu limpide. Soleil éclatant. Lumière tranchante. Drapée de givre, la ville inconnue brillait. Elle était si belle que ton père, ébloui, a rêvé de quitter notre banlieue pour elle. L'air était pur, enfin il respirait normalement, enfin il ne sentait plus ses poumons malades, une délivrance. Autour de nous, l'aube avait posé ses diamants étincelants sur les toits et l'herbe, les haies et les buissons. Mais la cérémonie commençait à dix heures, nous devions nous presser. Bruit de nos pas sur les trottoirs. Crissement du gravier. Ronflement des voitures qui nous doublaient. Cloches d'église qui sonnaient. Marche rapide et anxieuse jusqu'à la caserne. Au poste de contrôle, nos pièces d'identité ont été vérifiées, nos noms figuraient sur une liste, on nous a laissés entrer. Attente.

Et tu étais là, devant nous. Une silhouette kaki parmi d'autres silhouettes kaki. Une troupe. Une cinquantaine de jeunes hommes et deux jeunes femmes – leurs cheveux longs, crêpus, tirés en arrière, attachés en chignon serré au-dessus de leur nuque.

Les parents étaient plantés là, silencieux ou chuchotant, l'air effaré. Ou n'était-ce que moi ? On nous avait pris nos enfants et on les avait remplacés par des silhouettes en treillis. Lesquelles, frigorifiées, grelottaient face à nous.

Le thermomètre affichait moins six degrés, m'a informée ton père, consultant son téléphone. Ajoutant que le réseau n'était pas bon. Je voulais répondre qu'il n'y avait pas que le réseau qui n'était pas bon, je m'étais trompée, je n'avais rien à faire sur cette place d'armes, avec en arrière-plan ces hauts murs surmontés de barbelés, je me trompais de vie, il y avait eu un problème d'aiguillage, nous étions sur la mauvaise voie : ne voyait-il pas les tanks ?

Nos ventres serrés, nos sourires crispés. Quelqu'un a crié un ordre, on vous a écartés de nous, vous avez obéi, vous vous êtes éloignés, vous avez disparu derrière un bâtiment.

Vous avez ressurgi en ordre de marche, formant un carré presque parfait. Vous avez entonné un chant militaire. Voix d'hommes, fortes et harmonieuses. Les parents les plus émotifs ont réprimé leurs sanglots dignement. On s'est arrangé pour tousser, on s'est essuyé le coin de l'œil discrètement en repositionnant une mèche, ses lunettes. Le chant s'est arrêté, vous avez été « libérés », vous avez reçu l'autorisation de vous disperser.

Tu es venu vers nous, demandant si vous aviez bien chanté, nous avons répondu que vous chantiez tous avec beaucoup de conviction.

Nous avons ensuite été dirigés tous ensemble, parents et enfants, vers un amphithéâtre. Présentations et discours patriotiques se sont succédé. Un haut gradé a évoqué les « hordes russes ». Vers la fin, on a demandé aux parents s'ils avaient des questions. Nous n'en avions pas. Quand on n'attend aucune réponse rassurante, à quoi bon formuler une question.

On nous a sommés de nous lever et nous avons été dirigés vers un autre bâtiment, où des bouteilles de bière, des jus de fruits, de l'eau minérale, des choses à grignoter trônaient sur des tables.

Tu as organisé une série de présentations, celles qui comptaient pour toi. Des poignées de main vigoureuses ont été échangées. Tu as tenu à nous présenter à certains « cadres » qui, déjà, au bout d'une dizaine de jours, avaient marqué ton esprit. Tu les as nommés. Nous t'avons suivi, nous leur avons souri, avons dit bonjour, avons serré encore des mains, avons répondu à des questions, nous avons écouté. Tu étais fier. Puis ça s'est terminé, on vous a ordonné d'aller vous changer. Il était treize heures.

Enfin nous avons pu quitter le régiment, traînant tes bagages, ton sac à dos et ta petite valise bleue à rubans. Ils flottaient dans le vent, je flottais avec eux. Tandis que nous marchions vers le centre-ville, tu ne cessais de parler. Avant de rejoindre la gare, nous nous sommes arrêtés dans un restaurant. À table, tes paroles se bousculaient, tu voulais tout nous dire, tout nous raconter. Tu portais ton récit à la manière d'un trophée, tu nous le tendais, il brillait de ta joie étincelante comme le givre sur la ville ce matin. Tu as décrit le rythme soutenu de tes journées, réveil à cinq heures, coucher à vingt-trois heures. Tu as parlé du froid pendant les exercices dehors, du manque de sommeil, des réveils brutaux, de la toilette en quelques minutes, de la faim, tu en avais marre des pommes de terre, on vous servait ça tous les jours, le lait te manquait. Tu nous as décrit l'eau qui coulait en filet d'un distributeur sur les céréales du petit déjeuner, le lait en poudre qui tombait par paquets sur cette mélasse. Tu nous as parlé des patrouilles la nuit, des tours de garde. Tu avais déjà appris à démonter et remonter une arme. Tu regrettais de ne pas avoir le temps de t'entraîner à la salle de sport de la base militaire. Tu avais été conquis par le Griffon, cet engin de transport militaire de vingt-cinq tonnes. Quand il roule sur une mine, le blindé bouge à peine, d'après les gradés revenus du Mali et d'ailleurs – à l'arrière on demande juste au pilote de rouler plus prudemment. Nous as-tu dit, crânant un peu. Tu es monté à l'intérieur, tu as été impressionné, émerveillé. Le tourelleau téléopéré, les capteurs dernière génération, les six roues motrices, le moteur puissant, la vitesse maximum (quatre-vingt-dix kilomètres à l'heure), son poids, toutes ses caractéristiques, notre enfant les a énumérées, excité, admiratif. Lui qui ne s'était jamais intéressé aux voitures. Ton visage était animé, ta voix enthousiaste, tu parlais avec ferveur. J'étais troublée. Tu as parlé sans discontinuer au restaurant, on ne savait plus ce que l'on mangeait. Tu as continué à parler au Café de la Gare et on ne savait plus ce que l'on buvait tandis que nous attendions le départ de notre train.

Entraînée, trimballée par ton récit, je me sentais comme ton sac militaire, celui que tu venais de « percevoir », qui reposait à tes pieds, que tu rapportais à la maison. J'étais comme le linge sale et froissé qu'il contenait et qui serait fourré dans notre machine à laver.

Que pensait ton père ? Que ressentait-il ? Son visage devant moi, je le regardais. Je cherchais son regard. Voilà qu'il relevait la tête. Enfin ses yeux s'attachaient aux miens. Ton père avait l'air aussi abasourdi que moi. Le souci avait fondu sur lui aussi. Comme moi, il était griffé à l'intérieur.

On nous avait rendu un enfant qui n'était plus tout à fait le nôtre. On nous avait rendu un soldat, on ramenait un soldat à la maison, c'était fou, c'était dément, ça allait trop vite. La métamorphose. On aurait voulu crier.

Mon fils, tu vas peut-être tuer. Comment assimiler une chose pareille ? J'ai considéré la phrase écrite et ce qui pourrait advenir dans la réalité. L'acte de tuer serait un ordre, ce serait la part la plus obscure de ton métier. Je me le répétais et ça ne changeait rien à l'horreur.

Tu vas peut-être tuer et j'y serai pour quelque chose. Car, bien que m'affirmant antimilitariste et pacifiste, je n'ai pas cherché à te dissuader. Le recruteur de l'Armée, lui, a tenté : il voulait t'orienter vers la surveillance, les renseignements ou les télécommunications. Mais tu avais choisi l'Armée de terre, l'Infanterie, les armes. S'il n'acceptait pas ta décision, tu ne t'engagerais pas, lui as-tu dit. Il avait dû se plier à ta volonté.

Tu ne refuses pas d'apprendre à tuer car tu espères défendre des vies. J'essaie d'intégrer ces contradictions. Me souvenant qu'enfant tu me reprochais de ne pas être sur le qui-vive quand je t'accompagnais à l'école (car oui, c'est vrai, j'étais perdue dans mes réflexions et mes rêveries) :

– Et s'il y a un sniper, qu'est-ce que tu feras ? Tu es trop distraite, maman !

À quelques jours de Noël, de retour à la maison, tu nous as confié ne plus sentir tes gros orteils, ni à droite ni à gauche. Tu l'as d'abord annoncé quand nous embarquions dans le train du retour et tu me l'as répété ce soir. Ta troupe a passé plusieurs nuits en forêt, par moins huit degrés. Vous avez dormi dans des trous ou sous une tente pendant que le vent et la grêle s'abattaient autour de votre campement. Tu as ri quand la grêle s'est mise à vous marteler. Tu veux éprouver l'extrême : tu le revendiques. Vous avez eu si froid que vous grelottiez. Tu étais en caleçon dans ton sac de couchage militaire. Tu t'es décrit : tu ressemblais à un saucisson, ton corps tout entier engoncé à l'intérieur du sac. Lorsque tu t'es comparé à un saucisson, j'ai pensé, saisie d'effroi : chair à canon.

Cette étrange sensation dans tes orteils, mon garçon, s'appelle une engelure. Tu es donc rentré avec les premières engelures de ta vie. Parce que vous n'étiez pas autorisés à porter deux paires de chaussettes malgré les conditions climatiques. Pas de T-shirt supplémentaire autorisé non plus sous la veste kaki. Ni de sous-pull réglementaire. C'est le principe de l'aguerrissement. On vous l'assène sous la grêle, on vous prépare à l'hiver russe.

À l'issue de vos six mois de formation initiale, vous pourrez être envoyés en opération extérieure. Tous les parents le savent, nous en avons été informés au régiment, lors des discours qui ont suivi la cérémonie. Toi, tu le veux, tu es même impatient. Tu nous as raconté tes nuits grelottantes l'œil pétillant. Tu nous as offert un récit palpitant, imagé. Nous t'avons découvert conteur. Quand tu racontes, nous voyons vos silhouettes kaki entre les arbres nus et les branches dégoulinantes de pluie. Nous vous voyons vous affairant sous la grêle, vous efforçant de monter vos tentes rapidement au milieu de la forêt. La buée à chaque expiration dans la nuit noire, nous la devinons. Vos corps transis dans vos vêtements trempés, vos visages ruisselants, vos mains rougies, vos doigts gourds, ton père et moi, nous les avons vus, comme si nous avions été présents. Depuis notre canapé défraîchi, nous avons senti la boue piétinée, humé les feuilles pourries, reniflé la sueur des hommes. Sous la lampe du salon, nous avons entendu la pluie, les branches qui craquaient, vos cris, le brouhaha des conversations, le sommeil qui venait, les ronflements.

Vous pourrez tuer, on vous y prépare, il n'y a pas de temps à perdre, on vous explique le maniement des armes, les techniques de tir, les consignes à observer sur le terrain, pour assurer votre sécurité. Tu nous les as répétées. Je n'en ai rien montré mais elles me font frémir. Le concret de la guerre a fait chez nous une entrée fracassante. Vous avez passé des tests. Ceux qui les ont réussis ont le droit de porter l'arme, ils vont continuer à approfondir leurs connaissances, poursuivre leurs entraînements au tir. Tu nous as parlé des stages d'aguerrissement à venir, les anticipant avec joie. Vous *devez* vous endurcir, tu en es convaincu. Vous apprenez à vous plier aux exigences de la vie militaire, tu les as embrassées. Avec gaieté. Vous vous habituerez au combat, au danger, à la peur, à la fatigue, à la faim, au manque de sommeil, à garder votre sang-froid face à un stress extrême. Tu rayonnais en le disant.

Mais au régiment, la faim, tu ne tarderas pas à apprendre à te prémunir (un peu) contre elle. Car vos cadres, très stricts, ont limité vos portions et vous n'appréciez pas. La faim, cette redoutable ennemie, vous obsède et vous affaiblit. Tu lui opposeras une réponse astucieuse. Organisation et triche. Tu apporteras des vivres, tu planqueras de la nourriture dans les faux plafonds du dortoir, petit malin. Et tes pots de beurre de cacahuète ne seront jamais découverts !

À la caserne, tu devais choisir ta veste kaki. Tu hésitais entre la taille XL et XXL tant tes épaules sont larges. Le maître couturier que tu interrogeais t'a répondu : « Ce n'est pas pour un défilé de mode ! c'est pour faire la guerre ! » Tu as opté pour la taille supérieure afin d'être à l'aise dans tes mouvements.

Tu pourras tuer, on t'y entraîne, cela ne t'effraie pas, cela ne t'excite pas non plus, tu assimiles l'évidence. Dans notre appartement, de ta chambre au salon, tu as mimé les gestes des tireurs, tu as reproduit le mitraillage des corps qui ne reculent pas, des ennemis qui continuent d'avancer vers vous. Et quand l'ennemi tombe, qu'il est à terre, vous devez continuer de tirer parce qu'il reste dangereux, il peut se relever : « On ne sait pas, ils prennent toutes sortes de drogues, il faut être sûr. »

Qu'ils soient morts, les djihadistes. Tu n'as pas fini la phrase, je l'ai fait pour toi. Quelle horreur.

Mon fils pourra tuer, je m'accoutumerai à l'idée. Ou je ne m'y accoutumerai pas. Assistante sociale de prison, j'accompagne les détenus, favorise la réinsertion de criminels, de meurtriers. Toi, si tu tues, quand tu tueras, ce sera ton travail, ce sera légal.

Tu pourrais te retrouver derrière des barreaux, devenir prisonnier de guerre. Tu nous as rapporté ce qu'on attend d'un soldat dans ce cas. On vous a déjà instruits de la conduite à tenir. Très vite, trop vite, la guerre et ses règles ont pénétré plus avant chez nous. Mon fils, prisonnier de guerre ? Comment absorber cette possibilité, une telle onde de choc ?

Tu nous as décrit une patrouille sous la neige. Tu as relevé l'incongru de la scène. Toi marchant avec une arme en main. Toi et la troupe, vous tous marchant à la queue leu leu ou deux par deux, côte à côte, le long de la route, le long d'un chemin. Les flocons virevoltant autour de vous, silhouettes kaki armées. La neige dansait devant vous, autour de vous, et dans le ciel. Tu levais les yeux et tu regardais les nuages gris déverser cette blancheur légère, glacée sur la campagne.

Tes mains gelées, tes doigts bleuis agrippés au métal froid, le bruit de vos bottes, vos pieds transis dans votre unique paire de chaussettes, vos corps frissonnant sous la neige – qui voyait tout cela depuis le trottoir, depuis une fenêtre, depuis sa voiture ? Qu'en pensaient-ils, ceux qui vous apercevaient ? Ceux qui contemplaient la scène ? Les habitants de cette ville qui a ébloui ton père. Ces gens habitués à voir des gars en treillis marcher dans leurs rues…

Vous avez connu une journée de neige et une nuit de grêle et puis la douceur est revenue. Mais tandis que les températures s'adoucissaient soudain ici, un vortex polaire pétrifiait le Texas. Au chaud dans notre petite cuisine, debout devant le frigo, ton père affolé, les yeux braqués sur son téléphone, me parlait de températures jamais enregistrées, de records absolus, moins soixante-quinze degrés. Il disait les plaines, les villes, les maisons, les voitures ensevelies sous une abondante, une profonde couche de neige. Disait les blizzards, tornades de flocons glacés qui avaient criblé, comme des balles, hommes et bêtes. Le linceul blanc qui les recouvrait.

Nous nous enfoncions dans les mauvaises nouvelles du monde, j'aurais voulu leur échapper.

Échapper à ce qui enterrait ta jeunesse.

À Noël, on m'a offert un livre dont j'ai entamé la nuit même la lecture, un texte si captivant que j'en ai oublié d'appeler tes grands-parents, de leur souhaiter un joyeux Noël. Pourquoi cet oubli ? Je me le demandais tandis que je marchais le lendemain, la nuit venue, seule, au bord du fleuve, ruminant la solitude d'une veuve à Bruxelles (l'histoire du livre), songeant subitement aux veuves de guerre. Stop ! Je devais résister aux ondes morbides. J'ai accéléré, je marchais vite, la ville bourdonnait et la lune était une écorchure dorée dans le ciel. J'obligeais ma pensée à dévier, je l'occupais, je dressais une liste de cadeaux à offrir à tes grands-parents. Le lendemain, je leur choisirais des friandises et autres surprises. Mon colis serait envoyé avec un petit mot et de jolis timbres. Ma façon de rattraper mon oubli.

J'ensevelis la déflagration de ton engagement sous un tas de mots. Bousculée par ce séisme, j'aligne à toute allure, au réveil, au coucher, entre deux semaines de travail, entre deux tasses de thé, des paragraphes où tenir.

Kaki : la nouvelle couleur de notre fils. Il a eu besoin de caleçons, nous a-t-il fait savoir, et il les voulait kaki. Ton père a donc rempli un panier de courses, sur internet. Il y a placé des caleçons kaki, des T-shirts kaki, des chaussettes kaki.

Le noir est ton autre couleur : elle est officiellement tolérée. Tu as reçu un message d'un cadre (un caporal-chef) via une application (WhatsApp ?!) : tu devras retourner au régiment équipé aussi de collants et de caleçons longs – et le noir conviendra. J'en ai déduit que d'autres gars avaient souffert d'engelures, que l'information était remontée à un médecin qui avait pris ses responsabilités : la santé des engagés est une affaire importante, elle ne doit pas être sacrifiée à un prétendu aguerrissement. Ainsi vous aurez le droit d'être chaudement vêtus.

Tu devras également te procurer des mousquetons, ton employeur ne les fournissant pas. Il n'y a pas de petites économies – même à l'Armée.

En vacances la semaine de Noël, j'étais présente pour t'écouter. Tu parlais, prenant un malin plaisir à me désarçonner.

Comme lorsque tu as dit que vous aviez été incités à choisir une nouvelle mutuelle, adaptée à votre métier. Deux représentants de deux complémentaires santé (présélectionnées) se sont présentés devant vous. Projection d'un PowerPoint, explications, foire aux questions, réponses. Tu nous as dit :

– Si je meurs, si je suis tué, vous recevrez un million deux cent mille euros. Si je suis gravement blessé, si je suis seulement handicapé, si je perds mes jambes par exemple, vous recevrez huit cent mille euros pour prendre soin de moi.

Ton menton levé, ton sourire espiègle, tes yeux étincelants, le ton provocant de la déclaration. Au salon, tout cela ne se dissipait pas alors même que tu étais retourné dans ta chambre.

Tandis que tu avais débité ces sordides détails, j'avais regardé vaciller les flammes des bougies disposées le long du buffet. Futiles bougies. Un geste décoratif si dérisoire. Je ne pouvais pas domestiquer la guerre, la parfumer comme une pièce, cannelle ou frangipane, je le savais pourtant.

Toi, tu nous regardais frémir.

Tu nous regardais frémir sans vaciller toi-même.

Un soir, pendant cette semaine de vacances, j'étais à la cuisine, radio allumée, à l'heure du journal. Suivi d'une émission-débat : j'ai monté le son. Devant moi, une casserole et une poêle. Je cuisinais pendant que les invités péroraient. Ils commentaient les réactions du gouvernement polonais à la chute d'un missile (russe ?) sur leur territoire. Analysaient les réactions de la population polonaise face à l'afflux de réfugiés ukrainiens dans le pays. La pierre était revenue, elle avait repris la place de mon ventre. Je ne pouvais pas l'ignorer tandis que je veillais sur la cuisson des plats en rangeant, que je versais des croquettes dans le bol du chat qui avait miaulé devant la porte du placard. Tintement des croquettes dans le bol. Ronronnement du chat qui se frottait contre mes jambes. Je le caressais et la pierre, lentement, se désagrégeait – ouf. Ça sentait bon. Ne penser qu'à ça, aux plats qui mijotaient, au chat.

Pas à la guerre, pas à ton départ. Pas encore.

Pendant cette permission inespérée, cette longue permission, nous t'entendrons répéter l'adjectif *soudé*. Tu disais : « On est soudés. » De l'appartenance : voilà ce que tu as trouvé au régiment. De la camaraderie, de l'aventure, de l'intensité. Le danger partagé parce que la mort vous épiera, un jour.

Avec une certaine délectation, tu précisais :

– Les ordres, obéir, ce n'est pas ce qu'on croit. Là, c'est une question de vie ou de mort.

Tu avais dit cela en baissant la tête tandis qu'un sourire énigmatique éclairait ton visage. Qui se détournait. Qui m'échappait. Entre tes cils, tes beaux cils, longs et noirs, s'attardait et luisait, je l'ai vu, une joie étrange. Aventures et dangers t'appelaient, tu cédais à leur attrait. Tu ne te leurrais pas pourtant, tu n'ignorais pas la violence funeste des conflits guerriers, abordant le sujet crûment.

Cependant, au régiment, de nouvelles amitiés se nouaient, fortes, essentielles. Le nom d'une recrue, un certain Brière, revenait souvent. Ainsi que ceux de deux caporaux-chefs, Rollins et Gelins.

De fraternité, d'un métier et d'une vie intenses, tu avais besoin. Le retranchement dans la prudence, tu n'en pouvais plus. Être comme barricadé dans ta chambre, tu en avais assez.

Toi qui balances entre l'ordre et le désordre, entre la force et la douceur, entre ta chambre et le vaste monde au-delà. Et sa brutalité à laquelle, désormais, tu étais prêt à te confronter. Brutalité dont les mères n'ont jamais pu préserver leurs enfants.

Tout en maudissant la violence des hommes, je me demandais s'il était si absurde de s'engager à une époque où l'on constatait et contestait les conséquences de tous nos dérèglements. Quand on se mettait à douter que l'on vivrait vieux. L'Armée, c'était pour te préparer à l'apocalypse. Ton argument, ta parade à la catastrophe, depuis le début. Une raison pas pire qu'une autre.

Du moment que tu étais heureux. Ou à peu près heureux.

On se bricole de la consolation comme on peut.

Autrefois donc, c'était plutôt mon visage qui t'échappait. Tu n'aimais pas ça, tu m'en voulais, tu m'adressais des reproches. Lorsque tu étais petit, que je me perdais dans mes rêveries, mes pensées, tu posais ta main potelée d'enfant sur ma joue ou mon menton, tu me ramenais vers moi. Tu insistais : je devais te regarder droit dans les yeux. Ce mouvement, tu l'accomplissais également quand une conversation entre adultes m'éloignait de toi. Tu ramenais mon regard vers ton visage qui avait la rondeur et la douceur de l'enfance. Par la force, une force enfantine, tu rétablissais cette connexion. Je me souviens de la pression de ta paume sur ma tête que tu manipulais, de mon visage que tu dirigeais vers le tien.

À présent, j'oblique vers toi par l'écriture.

Plus qu'une journée pour profiter de ta présence puisque après-demain tu repartiras, tu redeviendras une silhouette kaki.

Ce dernier vendredi de décembre, nous sommes rentrés en taxi d'une soirée. Sur le périph', le trafic était dense, ralenti, les voitures pare-chocs contre pare-chocs. Sur le tableau de bord du conducteur, dont je n'ai à aucun moment aperçu les traits, était fixé un écran, il indiquait la vitesse du véhicule. Au côté des chiffres changeants, un rectangle écarlate affichait deux mots en lettres capitales noires : « DANGER PERMANENT ». Et cette mise en garde me semblait se référer aux situations dans lesquelles tu serais propulsé à l'avenir, pas à la circulation sur le périph'.

Soudain tu nous as dit que ta soirée n'était pas terminée. Tout à l'heure, tu irais retrouver des copains. Vous alliez visionner une série, tu as donné son nom, précisé que le début était triste :

– La mère meurt dans un accident de voiture.

Plus tard, cette nuit-là, ce dernier vendredi de l'année, l'année de ton départ, sur internet, de clic en clic, je suis arrivée à une photo. À cette phrase d'une danseuse et chorégraphe américaine, peinte au pochoir, en lettres majuscules blanches et immenses, sur un mur de brique rouge foncé : « ART IS THE ONLY WAY TO RUN AWAY WITHOUT LEAVING HOME. »

Art is the only way to run away – tout court.

Je me suis demandé s'il n'y avait pas l'Armée aussi.

Premier jour de la nouvelle année, tu es parti. J'ai pleuré. Dans le couloir, mes sanglots étaient impossibles à retenir – tu m'as prise contre ta poitrine. Ta tendresse, mon embarras.

Ton père a commandé un taxi pour toi, nous voulions éviter la scène de la séparation effusive dans le hall d'une gare venteuse. Mais tu lui as demandé de t'accompagner. Il a d'abord refusé, puis accepté. Le sourire ému de ton père quand il s'est décidé à t'accompagner. Sa tendresse, ma raideur.

Vous êtes partis. Le chat est resté dans le couloir où se trouvait ta valise quelques secondes plus tôt. Longtemps il a fixé la porte d'entrée de l'appartement. Longtemps je suis restée assise sur le canapé décati du salon à l'observer, lui. Les larmes salées, brûlantes, inutiles, coulaient.

Ton père en sortant m'avait lancé : « Écris ! »

Alors à la cuisine, j'ai mis l'eau à bouillir, je me suis préparé un thé au lait, l'ai emporté au salon où j'ai lu quelques pages de ce roman bizarre qu'une collègue m'a offert. Je l'ai refermé et j'ai saisi mon ordinateur.

Écrire ton départ ? Ton engagement ? Alors qu'à travers le monde tant de mères, tant de pères ont vu ou voient leurs enfants se rapprocher des champs de bataille, prendre part à la guerre ? À quoi se raccrochent-ils, ceux-là ?

Écrire pour un peu moins désespérer ? Non, ce n'est pas ça non plus. L'espoir, ce mot, parfois, je ne veux plus l'entendre, je voudrais le froisser, le rouler en boule, le jeter à terre, sauter dessus à pieds joints, le piétiner jusqu'à ce qu'il se désagrège.

Tout de même, c'est peut-être cela, écrire pour juste un peu moins désespérer. L'écriture ravive le soleil, la lune, le givre, le scintillement du fleuve, le chant des oiseaux, leurs battements d'ailes. Elle me restitue l'odeur de la terre et des fleurs quand je m'en éloigne. Elle te fait exister auprès de moi lorsque tu es loin. Elle transforme le manque en présence.

Je voudrais qu'elle puisse encore plus.

Si seulement je savais m'y prendre pour que l'écriture devienne un appel à la paix, à la fin de toutes les guerres.

Un soir de la deuxième semaine après ton second départ (cette manière choquante de compter les jours et les séparations), ton père m'a prévenue que tu nous appellerais le lendemain.

Le lendemain en soirée, nous étions debout, l'un contre l'autre, au salon, ton père et moi, son portable tenu haut entre nous. Et tu nous as raconté ta première perm' de week-end dans le Sud, quelques jours plus tôt. Vous aviez tous quitté la caserne et la ville du régiment par le même train. Vous êtes partis ensemble, la section entière s'est retrouvée dans le même wagon.

Tu as parlé de ceux qui ont loué un appartement pour deux soirs dans cette grande ville à deux heures et demie de votre garnison. Tu as parlé de ton voisin de chambrée, Brière.

Brière, parce que au régiment vous êtes appelés par vos patronymes. On t'a demandé comment prononcer le tien, tu as répondu :

– Bennis comme métis.

Entre vous aussi, vous vous appelez par vos noms de famille, on ne s'y est pas encore habitué. Ce week-end donc, Brière et toi, vous étiez chez cette copine que tu as revue ici pendant les Fêtes. Tu as logé chez ses parents qui ont été mutés là-bas. Parce que, comme c'est drôle, son père était officier et sa mère sous-officier. Tu l'as dit :

– C'est drôle.

L'amusement et l'excitation pointaient dans ta voix, que tu aurais voulue sereine (me semblait-il). Devions-nous nous sentir rassurés ou inquiets ? Nous hésitions entre ces deux états : tu nous manquais trop. Un manque déraisonnable, excessif, cela nous le savions avec certitude.

Par moments, au cours de la journée, tu manques terriblement à ton père. Il me l'a avoué un dimanche matin tandis que nous sortions faire les courses sous un ciel d'une propreté douteuse. Aujourd'hui, au supermarché et dans les allées du marché couvert de notre banlieue, nous ne choisirions aucun ingrédient avec l'intention de te cuisiner un plat dont tu te serais régalé. Quand il m'a demandé ce que nous devions acheter, j'ai répondu par les items en tête de liste : « Du lait, la litière du chat, du papier toilette. » Lugubre, il a commenté : « Notre trinité ! »

Sous son manteau, ton père portait l'un de tes vêtements, un sweat noir à capuche, il a dit : « C'est pour le sentir plus près de moi. » D'une voix tremblante : « Il me manque, il me manque tellement ! »

L'après-midi, son portable a sonné. Il a décroché, écouté, répondu que je n'étais pas là. Ton père était allongé à côté de moi sur le lit, je percevais la voix lointaine d'une femme, son accent étranger, ses phrases courtes, étouffées, je ne comprenais pas ce qu'elle disait. Ton père lui a demandé de rappeler plus tard, après dix-huit heures. Il savait que je ne voulais parler à personne tandis que j'étais étendue, ensommeillée, près de lui. Ce dimanche après-midi, j'étais épuisée, je voulais seulement lire et dormir.

Peu après l'appel, nous nous sommes levés, alors j'ai su, il m'a expliqué que c'était une ancienne collègue qui avait tenté de me joindre. Nous avions travaillé dans le même service d'oncologie, autrefois. L'infirmière appelait de son pays natal, la Pologne – pays frontalier d'une Ukraine désormais en guerre contre un assaillant que tu affronteras peut-être.

Mon ancienne collègue n'a pas rappelé. Je ne l'ai pas rappelée non plus. Douze ans plus tôt, à mon départ du service, elle m'avait offert un recueil de poésie, *De la mort sans exagérer.* À l'encre bleue, sur la page de garde, elle m'avait écrit une phrase merveilleuse. Je préférais que rien ne soit ajouté à ce cadeau, à cette fin idéale.

Plus tard, ce soir-là, je suis entrée dans ta chambre pour la première fois depuis ton deuxième départ. J'ai respiré la poussière et puis j'ai appuyé sur l'interrupteur, vu le désordre. J'ai préféré éteindre, j'ai préféré le noir à la lumière. J'ai préféré battre en retraite, ressortant prestement de ton territoire.

Tu as dormi vingt ans dans cette pièce et je ne t'ai jamais demandé de la ranger avec suffisamment de conviction. J'en suis un peu honteuse. Un peu, pas trop. Parfois, je t'ai aidé à mettre un peu d'ordre. Souvent, j'ai attendu que tu sois loin avant de m'atteler à son nettoyage. Moi-même, enfant, adolescente, je détestais ranger. On me criait dessus, il y avait des scènes pénibles. Je n'ai pas voulu les reproduire.

Aurais-je des regrets ? Je m'exerce à leur résister ou à les transformer depuis si longtemps que je ne peux pas répondre à cette question. D'autres pensées que les regrets m'occupent et me préoccupent.

À côté de la guerre, les regrets c'est rien du tout.

Nouvelle permission, la deuxième que tu passes à la maison, c'était inattendu, inespéré. Je suis aussi heureuse qu'étonnée. Tu as choisi de rentrer? Malgré les longues heures de train du vendredi, du dimanche? Qui empiéteront largement sur ce week-end de liberté? Sur le temps que nous passerons ensemble.

Et tu as déboulé, tu t'es empressé d'ôter tes chaussures et tu t'es jeté dans le récit de tes expériences. Ton père et moi étions installés sur le canapé affaissé, en face de toi, calé dans le fauteuil gris aux accoudoirs en bois verni. Nous t'écoutions. J'étais attentive, concentrée. Tu as lancé des grenades. Tu as porté quatre kilos de plus que tes camarades parce que tu as oublié ton cahier de chants ici, à la maison, une punition. Tu nous as expliqué le sac d'allègement, le sac de combat. Le sac de vingt-quatre litres, le sac de quarante-huit litres. Vous avez passé quatre jours et quatre nuits dans la forêt. Une pluie torrentielle s'est abattue sur votre campement. La tempête s'appelait Gérard. Elle a déferlé sur vous pendant que vous étiez sur le terrain (c'est-à-dire dehors). Tu nous as parlé de ton camarade de section qui a décidé de devenir aumônier de l'Armée, il faisait le signe de croix pendant que les éléments se déchaînaient. Son geste t'a surpris, tu nous as raconté ton étonnement. Tu nous as parlé par onomatopées, tu nous as parlé par acronymes, tu nous as parlé en code. Nous avons découvert un nouveau langage, ton nouveau langage. Une sorte de troisième langue puisque tu es bilingue.

Tu as parlé de *froufroufrou*. Était-ce le *froufroufrou* du vent à travers les arbres qui accompagnait votre avancée vers le camp d'entraînement à l'aurore avant que ne débute la séance de tirs ? Ou était-ce le *froufroufrou* du feu des armes, ce grondement assourdissant ? Ou est-ce que je le confondais avec le *panpanpan* ou le *pompompom* ?

Tu nous as parlé de LOF : ligne d'ouverture de feu.

Tu nous as parlé du *client* (l'ennemi) et du *service après-vente* (achever l'ennemi agonisant).

Tu nous as parlé d'état SAN RAS : état sanitaire, rien à signaler.

PIF : point à atteindre-itinéraire-formation.

JVN : jumelles de vision nocturne.

CBF : claque de bon fonctionnement (un cadre vous frappait).

VAB : véhicule avant blindé.

TP : tir de précision.

FINEX : fin d'expédition.

Tu nous as parlé de lisière militaire.

Tu nous as parlé de position de tir couché à bras franc.

Tu as raconté, j'ai écouté. Tout à coup, submergée, j'ai décroché, je suis devenue pensive ou rêveuse. Tu l'as immédiatement remarqué, tu étais contrarié. Alors je t'ai demandé si je pouvais prendre des notes dans un carnet. Afin de rester tendue vers ton récit. C'était une condition ou une nécessité, tu le savais. Tu as hoché la tête. J'ai dit :

– Tu sais que je vais écrire ?

Tu m'as regardée, un regard acéré mais tranquille. Tu as répondu :

– Oui.

Tu nous as parlé de la vitesse des balles, tu nous as donné un chiffre : huit cent soixante-dix mètres seconde.

Mais j'ai eu besoin d'un ralentissement. D'une pause. Et je me suis mise à penser aux treillis que tu portais. Le linge rapporté, je devais le laver. Je voulais le laver. Manier du linge plutôt que manier une arme, ça m'allait.

Tes vêtements étaient remplis de sable. Avant de les fourrer au lave-linge, il a fallu les rincer au lavabo. Mais avant encore, les poches de tes treillis ont dû être vidées. En sont sortis des bouts de plastique, longs et noirs, des sortes de bandes rigides. Je t'ai appelé, je les ai brandies, tu as expliqué :

– Ça vient des cartouches, ça relie les balles.

Tenir des restes ou des débris de munitions, ça m'a fait froid dans le dos. Je me suis concentrée sur ma tâche. Cette tâche si prosaïque. J'ai fait une machine pendant que ton père et toi vous vous êtes rendus dans un surplus de l'Armée. Pendant que vous y effectuiez des achats, je me distrayais aussi de la guerre, lisant un rapport officiel qui décrivait l'état des prisons françaises, suroccupées, délabrées.

Vous êtes rentrés de la capitale. Ton père s'est mis à coder. Tu es sorti chez tes amis, tu es rentré. Retranché dans ta chambre, tu as joué en ligne avec d'autres copains, on t'entendait de nouveau rire et crier, donner des instructions de jeu et raconter tes expériences. Et tu es ressorti, au cinéma, le multiplex le plus proche, avec tes amis.

Proche ou loin, tu es toujours au cœur de mes pensées, de mes gestes.

Ce week-end, tu ne mangeais pas, tu te goinfrais. Tu te délectais des repas que je préparais. Comme affamé, tu as trop mangé et trop vite ; tu t'es empiffré, tu t'es rendu malade. Tu as toujours été gourmand mais tu n'es plus accoutumé à de telles portions. Ton système digestif a protesté. Parce que tu nous as décrit les rations, sur le terrain, qui ne rassasient pas. Les pommes de terre, au menu tous les jours, à la caserne, tu en avais marre : tu n'arrivais plus à les avaler après quelques bouchées.

Des heures durant, tu n'as cessé de nous raconter la vie là-bas. Des heures durant, nous t'avons écouté avidement, ensorcelés ou presque.

Nous avons appris que le caporal-chef Gelins ne crie plus « Bennis, efface ton sourire ! », sa ritournelle des premières semaines. Tu as compris que tu devais dissimuler ton plaisir, ton amusement. Tu as échappé au trou noir de ta chambre, à l'avenir qui te paraissait bouché – te voilà radieux. Mais ça ne doit pas s'afficher à l'Armée, ce bonheur, ce soulagement.

Tu fais de bonnes rencontres. Il y a ces cadres que tu estimes. Caporal-chef Gelins et, surtout, caporal-chef Rollins. Une complicité revigorante te lie à ton voisin de chambre, Brière (il cache des barres protéinées sous son matelas). À tel point qu'un cadre vous a surnommés « les amoureux ». Tu as aussitôt rétorqué :

– Vous êtes jaloux, caporal-chef?!

Tu as rejoué ta réplique au salon. Ton sourire était à la fois terriblement malicieux et terriblement narquois. Oh! cet air mutin, je le reconnais bien…

D'ailleurs caporal-chef Rollins t'a surnommé « le politicien » car, plus d'une fois, tu as réussi à déjouer une embrouille entre tel ou tel, à persuader un cadre de ne pas punir un camarade de section pour une erreur ou un oubli.

Rollins et Gelins (et d'autres dont tu mentionnes les noms) ont repéré ton aptitude implacable à argumenter. Sur ce plan, tes parents ont dégusté, longtemps avant tes cadres. À l'Armée, pourtant, ta hiérarchie ne te perçoit pas comme insolent ou impertinent (provocateur). Contrairement à quelques-uns de tes professeurs pendant ta scolarité – un comble.

Je crois que tu es heureux et fier.

Tu es reparti, laissant le silence et le vide derrière toi. Mais je suis pleine de tes paroles, celles dont je me souviens, celles que j'ai consignées dans un carnet, sous tes yeux.

Je suis pleine de ton absence, pleine de cette séparation, pleine d'une longue déflagration qui ne cesse de me secouer. Mais tu sèmes des histoires. Et tu veux bien que je les écrive.

Les larmes me piquent les yeux. Toi, le chagrin, ouste, bas les pattes, je ne veux pas de toi. Je dois me surveiller. Je ne veux pas me dissoudre dans les larmes. Elles noieront mes yeux mais ne déborderont pas, je compose ma ligne de défense.

Deux mois sont passés et tu ne montres aucun signe de vouloir abandonner l'Armée. On accepte ton engagement. On tente de s'apaiser en accueillant ta joie et tes récits. Ta transformation. Je renifle un peu, je soupire, mais ça va.

Encore quelques jours et je disposerai d'une semaine de vacances. Je vais voir tes grands-parents.

Je leur parlerai de toi, tu seras notre sujet, tes aventures seront notre sujet. J'imagine que nos peurs et l'horreur de la guerre se tapiront dans les creux et les bosses de nos conversations.

Bien sûr, tes grands-parents attendaient des nouvelles de toi. Et j'ai répété, le plus fidèlement possible, les anecdotes que tu nous as racontées.

Après quelques heures passées ensemble, le thé bu, j'ai annoncé devoir rentrer au gîte (loger dans leur petite maison n'est plus une option). Le crépuscule me poussait vers le vélo de location qui n'était pas équipé de lumières.

J'ai enfourché la bicyclette. Le chemin de gravier crissait sous les pneus. J'ai pris le virage en épingle, roulant sur des pierres puis sur le bitume ; la route était lisse, mais que la pente était raide ! À ma droite, le canal. À ma gauche, en contrebas, la silhouette réduite, tassée, de ta grand-mère, debout devant la maison, elle me suivait des yeux. Nous nous sommes fait signe, bras levés nous agitions nos mains. Ton grand-père était resté assis devant la télévision, la marche lui est devenue si pénible.

Je suis rentrée vite, filant le long d'étangs d'où s'envolait quelque héron, filant le long de champs humides, de haies tristes, d'arbres nus, de villages vides et mornes, de fermes désertées aux toits écroulés, de murets effondrés. De-ci, de-là, des vaches blanches et crottées broutaient tandis que le ciel retenait sa pluie dans des nuages gris et lourds, aux contours comme déchiquetés.

Ce trajet à vélo, entre le gîte et la maison de tes grands-parents, je l'ai refait chaque après-midi de ma semaine de congé, les seules surprises étant le hennissement d'un cheval invisible depuis la route en contrebas, le surgissement au sommet d'une côte d'un tracteur d'une taille colossale ou les coups retentissants d'une masse enfonçant un piquet dans la terre me parvenant au détour d'un sentier.

Tous les après-midi de la semaine, nous avons pris le thé ensemble, tes grands-parents et moi. Nous avons bavardé prudemment, des thèmes étaient évités. Mon travail à la prison, l'écriture.

Nos conversations ressemblaient à des chemins escarpés en montagne où nous avancions avec précaution tant nous craignions le vertige du faux pas. Car nous en avons connu, des éboulis douloureux. Et je n'ai pu procéder autrement : j'ai dû, parfois, pendant assez longtemps, ne plus venir vous voir, mes très chers parents.

Au gîte, j'ai lu.

Le personnage du roman espagnol que je lisais exprimait son désarroi absolu. Cette femme venait de perdre son mari, poignardé à mort par un déséquilibré. La veuve s'interrogeait sur le sens des épreuves traversées : elle m'irritait.

La question du sens ne se posait pas pour moi : la beauté d'une aube hivernale pouvait avoir raison de tout.

Elle abolissait le découragement. Je n'y pouvais rien, ça ne venait pas de moi. C'était le triomphe de la beauté conjuguée à la magie de l'instant. La brume au fond de la vallée engloutissait les explosions et les tirs d'artillerie. Le beuglement des vaches annulait la guerre. Le givre étincelant recouvrait les prés et le désastre du tremblement de terre qui avait ravagé la Turquie. Toutes les prisons du monde étaient oblitérées, les crimes pardonnés. Les flammes voraces de l'envie ou de la haine ne consumaient plus personne. L'absurde n'existait pas ce matin, ni à l'extérieur ni à l'intérieur de cette cuisine. L'angoisse était impossible. Le soleil, le ciel, le paysage blanc scintillant, le pain grillé, le beurre fondu, l'arôme du café rendaient cette heure exquise. Pendant que les radiateurs réchauffaient la maison, que le réfrigérateur ronronnait, qu'une pendule égrenait ses tic tac, tic tac, tic tac. Que dehors brillait l'herbe nacrée, féerique. La beauté peut triompher. On peut la laisser régner quelques minutes, quelques heures. Cesser de penser à soi, au sens ou au non-sens.

Quand je n'étais pas chez tes grands-parents, je dévorais les livres sortis de ma valise et je me disputais avec des personnages de papier. Il n'y avait ni vainqueur ni vaincu. Et mes tourments gluants fuyaient de branche en branche, bondissaient d'arbre en arbre et disparaissaient.

Oh! les beaux oiseaux dans le ciel au-dessus du pré…

L'héroïne d'un autre roman cherchait à exprimer son rejet d'un amour asphyxiant. Ce que j'ai toujours voulu t'épargner. Quoique au chaud, au lit, sous une grosse couette, je médite sa peur d'un amour excessif. En regardant par la fenêtre de la jolie chambre au sol en tommettes, aux poutres apparentes.

Javier Marías et Sigrid Undset, vous êtes morts mais vos personnages vivent. Je ne suis pas seule dans cette petite maison, je peux converser avec vos créatures d'encre sans craindre de les blesser.

Je ne risque d'offenser ni Luisa ni Jenny en affirmant que la guerre est plus monstrueuse que l'amour.

À tes grands-parents (enfants d'une guerre mondiale), j'ai raconté les exercices d'entraînement où tu as échoué. Répétant le verdict hurlé par caporal-chef Gelins ou caporal-chef Rollins :

– Bennis, t'es mort au combat !

Tu as toi-même hurlé cette sentence fatale dans notre salon :

– Bennis, t'es mort au combat !

Nous sommes, toi et moi, l'écho de tes cadres.

Cet écho m'a glacée la première fois que tu l'as fait résonner au salon. Nous, ton père et moi, étions sagement assis côte à côte sur notre vieux canapé, et sidérés. Les deux bibliothèques se taisaient, je me suis tournée vers elles en me demandant quels livres, sur leurs étagères poussiéreuses, pourraient m'aider à supporter ma terreur de te perdre.

J'ai raconté que l'écran de ton téléphone s'est fendillé. L'appareil se trouvait dans la poche de ton treillis, tu dormais dehors, emmitouflé à l'intérieur de ton sac de couchage, tu t'es retourné au milieu de la nuit et l'écran a rencontré ton arme. Parce que vous devez dormir avec votre arme. Le verre s'est brisé contre l'acier du canon. J'avais réagi :

– Ce n'est pas une façon banale de casser l'écran de son portable !

– Détrompe-toi, c'est très fréquent !

Pour une silhouette kaki. Et tu m'as expliqué comment caporal-chef Gelins et caporal-chef Rollins se sont adaptés à ce type d'incident. Ils possèdent un portable bas de gamme, réservé à l'Armée, et un second, plus coûteux, réservé au repos, celui-là reste en sécurité chez eux.

Se faire à cette idée.

Tu dors avec une arme.

Tu sais démonter et remonter une arme.

Tu sais viser.

Tu vises bien.

Tes tirs sont précis.

Comment intégrer de telles énormités ?

Une séance de tirs. Tu avais six coups à tirer. La cible, une silhouette humaine située à une distance importante, ne comptait au niveau de la tête que trois trous. Déception de caporal-chef Gelins et de caporal-chef Rollins. Et puis ils se sont rapprochés de la cible métallique, ont découvert que trois balles étaient entrées par le même trou. Les voilà contents du résultat. Te voilà très fier.

Me voilà horrifiée.

Quand j'ai répété tes histoires à tes grands-parents, je les ai épargnés un peu. Par exemple, je ne leur ai pas dit que ta section possède un parrain, un soldat mort, un homme de ton régiment. Il avait deux ans de service, une femme et des enfants, il n'avait pas vingt-cinq ans. Tu m'as expliqué que pendant dix ans ta section lui rendra hommage lors de certaines cérémonies. Une telle cérémonie s'est tenue en début d'année, elle t'a marqué, tu en as parlé avec émotion : tu as vu sa femme et ses deux enfants, ils avaient fait le déplacement jusqu'à la garnison. Vous avez salué cette veuve, cette famille amputée du père.

Quand je me suis remémoré cette scène que tu m'avais décrite, la tristesse a jailli, grossi, elle m'a envahie. L'émotion était plus forte que l'odeur du café qui percolait sur le plan de travail et parfumait l'atmosphère. Je me suis servi le liquide noir et brûlant, l'ai bu petite gorgée après petite gorgée, et la tristesse a rétréci, séché, elle s'est retirée.

Ce que l'on dit, ce que l'on ne dit pas. En dehors du cercle familial, personne ne sait que tu deviens une silhouette kaki. Je n'en parle pas, trop occupée encore à l'admettre. Je suis encore en état de choc, de chute, elle est vertigineuse. Viendra le moment, sans doute, où, cahin-caha, je me serai faite à l'idée que tu sois soldat.

Dans ton sillage, que vais-je raconter d'autre à tes grands-parents ? Les mines ?

Les mines, on doit prendre ça au sérieux. On emploie les grands moyens pour vous éclairer. Vous rendre sérieux.

Caporal-chef Rollins s'est trouvé dans un char qui a roulé sur une mine, il vous a montré une photo de l'engin dont la partie avant a été déchiquetée par l'explosion. L'image était sauvegardée dans son téléphone. Aucun soldat à l'intérieur n'a été blessé.

Caporal-chef Rollins vous prépare à déceler les mines, votre survie dépendra de la chance, du matériel, du travail des renseignements – de vos compétences, de votre clairvoyance, de votre prudence.

À cet effet, il confectionne de fausses mines : elles contiennent de la farine. Explosent comme des vraies. Il les dissimule de manière experte. Tu as marché sur ces mines factices, habilement camouflées. Régulièrement, tu es recouvert de poudre blanche.

Ses mines t'ont ensanglanté. De blancheur.

Sur le champ de bataille, tu serais mort.

Caporal-chef Rollins a ri. Tu étais vexé.

En forêt, les mines sont cachées sous les feuilles, à l'écart du sentier, dans les taillis, sous un buisson, au pied d'un arbre derrière lequel tu espérais t'abriter. Ce sont les mines qu'on appelle à déclenchement par pression. Tu as posé ta botte dessus, ton poids a provoqué la déflagration.

Certaines mines, Rollins les relie aux arbres par des fils de pêche invisibles, à hauteur de visage, ou de cheville. Tu t'es pris dans le fil de pêche, tu as déclenché le mécanisme. Tu es recouvert de blé broyé, fantôme bien vivant, encore une fois.

Le camouflage, un sujet sérieux, il peut sauver une vie.

On vous a donné un cours sur le sujet. Le caporal-chef Gelins, un mètre quatre-vingt-dix, était chargé de l'introduction, dans ce qui devait ressembler à une salle de classe classique. Puis il s'est écarté d'un pas, révélant, dans son dos, la présence d'un autre cadre, qui s'est à son tour décalé, dévoilant la silhouette d'un autre soldat, derrière lui. Pendant que Gelins poursuivait ses explications, la démonstration continuait, elle t'a bluffé.

Sur le terrain, vous devez simuler les blessures graves. Quand tu n'es pas un acteur convaincant, caporal-chef Gelins ou un autre cadre t'assène de violents coups de pied. On n'est pas là pour rigoler. Mais vous riez. Et tu nous fais rire, tu es devenu comédien ; malgré nous, on rit.

Rollins ne distribue jamais de coups de pied.

La destruction d'une mine se pratique en plaçant une autre mine à ses côtés. En tout cas, ça se passe ainsi pour la mine DM 49, fabriquée en République fédérale d'Allemagne : « *Placer une charge de 200 g d'explosif au contact du corps (latéral) du dispositif.* » Je ne sais pas si cette mine antipersonnel est encore produite et vendue. Sa fiche technique, disponible sur internet, date de 2006. Quand je l'ai lue, je ne rigolais pas du tout.

Le camp d'entraînement crevassé, labouré par la déflagration des mines, tu nous l'as décrit. Cette vision t'a presque ébranlé. Tu pouvais soudain te représenter un vrai champ de bataille. La peur a furtivement lui au fond de tes yeux.

Ton père et moi commençons à lire, sur internet, toutes sortes de fiches techniques de nature militaire. Je lis des rapports d'informations parlementaires ou ministériels. Ton père écoute, regarde, décrypte des interviews de généraux. Nous débattons ensemble de ce que nous apprenons.

J'ai raconté cela à tes grands-parents, tes aventures et nos explorations en ligne. La disjonction survenue dans notre vie et notre singulière acclimatation.

Tu es loin de ces après-midi à la campagne, et pourtant tu en es le centre.

Arrive le dernier jour des vacances. On s'est dit au revoir devant la maison, nous étions émus. Je reviendrai en juillet, nous saurons alors si tu es venu à bout des trois ou quatre prochains mois de ta formation initiale. Si tu as ou non intégré l'Armée pour de bon. Les mains crispées sur le guidon du vélo, j'ai entamé l'ascension de la première côte vers le pont du canal. Je pédalais et les images de guerre s'éparpillaient, se blottissaient au creux d'un nid, d'un terrier, entre des touffes d'herbe, au bord d'un étang. C'était le dernier trajet, mon dernier soir au gîte.

La nuit estompait le jardin, les prés, la vallée. Les vacances se terminaient. Il me restait si peu de temps pour consigner les histoires que je n'étais pas parvenue à griffonner avant mes congés mais que j'avais racontées à tes grands-parents.

Pêle-mêle. Tu as été impressionné par le village de combat. Une bourgade factice conçue pour les entraînements au combat rapproché en zone urbaine. Tu nous as décrit l'effet abominable d'une balle sur le corps humain. Elle entre proprement, ralentit, libère son énergie destructrice qui se propage à travers les chairs, déchirant les tissus, créant une épouvantable cavité. Tu nous as parlé de balles qui arrachent le bras. Atrocité des blessures, atrocité des images. Je t'ai entendu parler de fusils d'assaut FAMAS 5, 56. De Glock et de Minimi calibre 5, 56 OTAN. Minimi signifie mini-mitrailleuse. La Minimi pèse six kilos, neuf en ordre de combat, avec les viseurs, les chargeurs et tout, as-tu dit. Sa cadence de tir théorique : sept cent cinquante à neuf cent cinquante coups par minute. Le bruit des armes, le fracas des détonations, les explosions, est assourdissant, ça t'a impressionné, même avec les BAB (bouchons antibruit). Le prix de ton casque, un modèle très perfectionné (donc très coûteux), te sidère. Tu as aimé mimer la communication non verbale qu'on vous enseigne, on se fait signe de la main, on déplie les bras, on se tapote le dos, etc., c'est le langage discret et silencieux des combattants, il s'agit de duper l'ennemi, le surprendre, rester vivant. Tu as d'abord apprécié ta ration de rougail saucisse (ration de combat) ; maintenant à force d'en ingurgiter, tu n'en peux plus, ce plat te donne envie de gerber. Tu as nettoyé les douches communes. Les W-C infects t'ont révulsé, puanteur-pisse-merde-vomi-glaires-morve-poils, tu as frotté, récuré, désinfecté, astiqué, on a contrôlé ton travail. On vous a infligé des TIG, une découverte. Tu as beaucoup ramassé, vous avez tous beaucoup ramassé. Ramasser : se faire engueuler, punir, enchaîner les pompes, les burpees et autres exercices pénibles ou dégradants. Vous avez effectué des marches de vingt kilomètres : tu n'étais pas préparé, tu as eu mal aux pieds, des ampoules. Vous avez creusé des trous dans la terre, vous vous y couchez pour dormir. Vous avez vu en photo le caporal-chef Gelins sur une plage de Guyane, sable blanc et mer turquoise. Cette image incongrue est apparue sur le portable du caporal-chef, au milieu d'une forêt hexagonale détrempée. Sous une pluie glaciale, Gelins vous a raconté les tempêtes et les brumes de sable de la Guyane où il était en mission. Impossible de mélanger Rollins et Gelins. Le premier est petit aux yeux verts, le second grand aux dents blanches. Mais j'ai peut-être attribué les propos de l'un à l'autre et inversement. Pardonnez-moi, messieurs, et prenez bien soin de mon fils. Ne m'en veuillez pas. Ne m'en veuillez pas non plus si je suis antimilitariste. Autrefois, j'étais scandalisée à la vue des militaires en patrouille (opération Sentinelle) dans les allées du gigantesque centre commercial de notre banlieue. Elles me paraissaient, ces patrouilles, sinistres, effrayantes, inappropriées, excessives. La vue des treillis, des bottes, des bérets, des armes au milieu de la ville, de la foule, des hordes d'acheteurs me révoltait. L'été dernier, pendant mes vacances, j'en avais aperçu au bord de la mer, en baie de Somme. J'en étais restée interdite. Leur présence sur les cailloux me paraissait invraisemblable. Qu'est-ce qu'ils foutaient dans des stations balnéaires aussi désuètes ? m'étais-je demandé. Maintenant, lorsque j'aperçois ces jeunes recrues en gare, je souris. Ils m'attendrissent, je suis attendrie, c'est stupéfiant, il a suffi que mon fils enfile un treillis, il a suffi que mon fils apprenne à utiliser un FAMAS, à le monter, à le démonter, à le nettoyer, il a suffi que mon garçon devienne lui aussi une silhouette kaki pour que mon regard change sur les soldats qui patrouillent dans nos gares et nos villages. Ma transformation m'a étonnée, elle me paraît extravagante. L'apparition de militaires ne m'indispose plus, c'est un bouleversement considérable. Un revirement spectaculaire. Embarrassant. Et toi ? Quels chambardements en toi ? Nous, tes parents, constatons ta joie, ton plaisir à raconter tes expériences. Tu sembles désormais aborder l'avenir avec confiance (depuis que tu as choisi ta stratégie ?) :

– Je me prépare à l'apocalypse !

Tu le réaffirmes régulièrement, les yeux pétillants tandis que tu te tiens devant nous, très droit, tes larges épaules rejetées en arrière, tes jambes solidement campées sur le parquet du salon. Tu rayonnes. Ne caches pas ton excitation face au désastre à venir. Aux ravages annoncés. Au contraire, tu exultes, tu jubiles.

Parce que tu sais que ta vie est en jeu, tu es plus vivant que jamais. La promesse de l'aventure et de l'aguerrissement, comme la fraternité, les amitiés que tu découvres sont sources d'allégresse. Paradoxalement, tu échafaudes des projets – tout en revendiquant ton goût inébranlable pour la paresse. Tu te vantes de ta flemme mais on ne s'y trompe plus, nous avons compris qu'elle est le masque d'une flamboyante détermination.

Si tu te figures, mon fils, en futur héros de l'apocalypse, sache que certains me considèrent comme la « déesse de la Mort ». Alors que naguère ce « titre » a pu m'amuser, maintenant que tu te destines à devenir soldat, il me dérange.

Il m'a été décerné parce que les sujets de conversation les plus ordinaires ont tendance, avec moi, à dériver vers le macabre. Conclure une discussion anodine par une remarque joyeusement funèbre était une de mes marques de fabrique et elle pouvait s'accompagner de gloussements sardoniques. Je les modère à présent. À présent, je ne ris plus aussi librement de la mort.

À tes grands-parents, je n'ai pas parlé de la mort. En revanche, je leur ai expliqué l'importance de Rollins pour toi. Son regard et sa parole t'encouragent, il te prend au sérieux, veille sur toi. Sa bienveillance est sans faille. Il respecte tous les engagés, sa considération pour vous tous te touche. Tu as étayé ton propos, fournissant les preuves de son professionnalisme et de son exemplarité. Tu ne taris pas d'éloges à son endroit. Ça me rassure et me chiffonne.

Ça devrait seulement me rassurer.

Ton père et moi, nous nous découvrons happés par le récit passionné de tes expériences. Nous t'écoutons comme envoûtés. Tu nous captives. Au-delà des retrouvailles émouvantes, ce sont les histoires que tu déroules, que tu mimes devant nous, au milieu du salon comme si celui-ci était devenu une scène de théâtre, l'estrade où tu joues le premier rôle, qui nous fascinent. Prenant la pose du tireur, debout, couché, tu réarmes ta mitraillette, elle s'enraye, une balle bloque, tu la débloques, tu glisses une nouvelle balle ou cartouche dans le chargeur, tu vises, tu appuies sur la détente, tu dégoupilles et lances des grenades, on y est. Tu allumes le feu qui va réchauffer ta ration de terrain, on la voit, on la sent, elle nous dégoûte comme elle te dégoûte.

Tu nous tiens en haleine, tu sais ménager le suspense, tu nous amuses. Nous nous surprenons à éclater de rire. Tu excelles en bruitages, tu imites le vent, la grêle, la tente secouée par la tempête, le bruit de vos pas, vos soupirs, votre fatigue le long de la route pendant une longue marche, votre ennui en classe, l'endormissement d'un camarade en cours, ses ronflements et le hurlement strident d'un cadre qui vous réveille. Tu imites les tirs d'artillerie, l'évanouissement d'un camarade lors d'une cérémonie barbante qui s'éternise, lors de laquelle vous vous tenez trop longtemps debout, immobiles, au garde-à-vous. L'impact de son corps sur le sol au moment de la chute. Tu imites l'exaspération de vos cadres face à votre immaturité ou votre amateurisme et les coups de pied qu'ils distribuent pour vous convaincre de mieux simuler votre propre agonie après une charge de l'ennemi. Ils se complaisent à vous déclarer morts dès que vous réagissez trop mollement au danger. Qu'ils prophétisent votre fin, ça vous galvanise.

Ça me glace.

Tu mimes le brancardage maladroit du blessé. Tu es, à tour de rôle, l'estropié et le brancardier. Et nous sursautons, tant tes gémissements de blessé sont éloquents. Et nous nous crispons devant tes grimaces qui illustrent tantôt l'effort lié au poids du corps à déplacer, tantôt votre souci pour l'éclopé. Tu racontes la mission qui s'interrompt abruptement, la responsabilité qui vous incombe, celle de transporter la victime vers l'hélicoptère, lequel l'évacuera en direction d'un hôpital de campagne où une équipe médicale s'emploiera à le sauver.

Tu aurais trouvé ta voie ? Trouver sa voie, un cliché, je n'y crois pas, je crois aux tâtonnements, à une multitude de voies. Il y a eu une décision, cette décision-là, à un moment précis de ta vie, de notre époque. Moi-même, je n'ai pas trouvé ma voie, je me suis frayé un chemin, j'ai exercé plusieurs métiers, ne tenant au dernier que par un fil qui peluche et menace de se rompre. Si tu changeais de voie, mon soulagement serait immense, prodigieux.

Lors de tes permissions de week-end, nous t'embarquons dans notre rituel matinal du samedi et du dimanche, un café au bistrot. Cela faisait dix ans que tu ne nous y suivais plus. Pendant presque deux heures, nous t'y écoutons. Te priant de parler un peu moins fort quand ta voix enthousiaste porte trop.

Tard, une soirée, après l'un de tes départs, ton père dira :

– Il arrive à nous distraire du danger qu'il court.

Oui, « le politicien » nous ferait presque oublier les risques auxquels il s'expose, tu réussis ça, un exploit.

Dernièrement, auprès d'une amie, j'ai failli bredouiller une allusion au texte s'écrivant, regrettant instantanément mon indiscrétion, comme si une parole malheureuse de mon amie, une parole banale et molle, pouvait tout gâcher.

À quoi ce « tout » correspond, je ne le sais pas.

Ma dernière nuit au gîte a été courte. À la table de la cuisine, l'écriture a englouti les heures. Au petit matin, les propriétaires sont venus, ils m'ont conduite à l'arrêt de l'autocar, car par ici, pas de bus, pas de taxi. L'autocar emmène les passagers, rares et solitaires, parfois une religieuse, parfois un prêtre, à la gare TGV, à une heure et demie.

À bord du train, l'oubli menaçant les souvenirs, j'ai encore écrit.

Quand tu appelles du régiment, ton père me crie la nouvelle depuis son bureau et accourt au salon où je suis allongée sur le canapé élimé, lisant ou écrivant. Il s'agenouille près de moi, positionnant son téléphone entre nous. Le chat le suit, bondit sur mon ventre (je déplace le livre ou l'ordinateur pour lui), ses pattes rousses aux coussinets roses commencent à me pétrir tandis qu'il ronronne, les yeux mi-clos. L'animal s'immisce entre nous, veut être de la partie. On l'entend ronronner mais nous t'écoutons, ton père et moi, tournés vers ta voix émanant du portable.

Comme j'ai souri dans la chambre du gîte, quand j'ai relevé, à la page 212 du roman de Javier Marías, ce commentaire du criminel mexicain que la narratrice écoute, l'oreille collée à la porte de la chambre où elle est censée dormir : « *Même les plus largués sont au courant des progrès du monde, même les fous, et celui qui n'a pas de portable est vraiment le roi des paumés.* »

Alors ? Qui suis-je ? La reine des paumés ou quoi ?

À ta grand-mère, j'ai raconté mes lectures (pas les sobriquets). Elle m'a parlé des siennes. Nous faisions comme si nous étions en terrain neutre.

Je suis rentrée et tu étais là ! Quelle joie ! Une perm' ! Je ne savais pas que tu rentrais, tu as dû le dire à ton père au dernier moment. Et moi, à la campagne, sans téléphone, loin de lui, je ne pouvais pas être prévenue. Ou alors tu as tout simplement débarqué. J'étais si peu préparée à ta présence que tes baskets, abandonnées en travers du couloir, à l'entrée de l'appartement, je ne les ai même pas vues ! Ton père s'est marré, pointant son pouce en direction de ta chambre où tu étais avachi, devant ton ordinateur. Tu jouais, avec tes copains de toujours, Alexandre et Gaspard et Ludo. Parmi eux, deux fils de militaire – seul Ludo ne l'est pas.

Vous m'aviez attendue, ton père avait décidé que nous irions manger au restaurant ensemble à mon retour.

Tu as laissé tes amis, et au salon, tu m'as demandé des nouvelles de tes grands-parents. Je t'ai résumé les difficultés auxquelles ils font face, qui affectent leur moral. Le déclin de leurs forces dans leur petite maison, isolée, très à l'écart du village, coincée entre un canal et un fleuve, et à douze kilomètres du supermarché le plus proche. La conduite devenue difficile. Les courses compliquées.

Je t'ai épargné les détails logistiques de mes vacances sans permis de conduire. Mais je n'ai pas caché qu'il y avait beaucoup de tristesse aujourd'hui dans cette maisonnette et son jardin pleins de charme, que tes grands-parents ont construits de leurs propres mains. Où j'ai grandi. Où tu passais tes vacances d'enfant. Ça m'a serré le cœur.

Très vite, c'était à ton tour de nous raconter tes aventures. Tu as commencé dans la rue, en chemin vers le restaurant, ça s'est poursuivi à table, puis sur le chemin du retour, ça s'est prolongé au salon, avec le chat qui nous tournait ostensiblement le dos. Le guetteur était installé sur mon gilet de laine, oublié sur le dossier du fauteuil devant la fenêtre. Le roux surveillait la cour intérieure. Il montait la garde.

Trois heures durant, nous t'avons écouté. J'étais concentrée, déterminée à m'imprégner des détails essentiels de tes tribulations. Je prenais des notes mais, emportée par ton récit, ne résistant pas à sa force, je n'en gribouillais que des bribes. Tu racontes si passionnément que nous sommes irrésistiblement entraînés avec toi là-bas. Tu nous transportes et ma main reste en suspens au-dessus du carnet. Je retiens cela plus que tout : ton enthousiasme, ton énergie, la drôlerie des situations que tu restitues – malgré les dangers mortels qui vous attendent, auxquels on vous prépare. Et que tu ne minimises pas – impossible d'ignorer qu'on vous éduque à la guerre. À cette calamité. Cette abomination humaine.

Me surprennent : le respect, l'estime et l'admiration que tu portes à tes cadres. Et pour la première fois est entré en scène le charismatique sergent-chef Mansouri. Qui vous a contraints à trimballer un tronc pour vous punir de vos approximations ou de vos oublis. Et tu as aimé ça ; c'est incompréhensible. Ce sergent-chef vous a obligés à courir près d'un kilomètre avec ce tronc visqueux qui vous échappait des mains. Vous étiez trois de part et d'autre de l'arbre mort, en équilibre précaire sur vos épaules douloureuses. Six hommes obéissants, trébuchants, dont toi. Tu lui prêtes une grosse voix :

– Vous porterez le poids de vos oublis !

Dans le restaurant, d'une voix dramatique, tu déclamais les reparties du sergent-chef à la manière d'un acteur devant son public. Le tragédien te subjugue :

– Vous porterez le poids de vos erreurs !

Tu t'es délecté à répéter ses formules par-dessus ton assiette d'osso-bucco. Depuis la banquette, je t'ai interrogé :

– Mais il a été acteur, sergent-chef Mansouri ?

Tu as confirmé, oui, il a fait du théâtre, il en a un peu parlé. Tu as évoqué ses références à la pratique de la scène et de la comédie. Il s'agit de digérer cette information. Et ceci encore : tu apprécies le style de cet homme. Tu t'es répandu en louanges, à tel point que j'ai rechigné à écrire ton admiration. Tout comme les tirades inspirées de cet acteur hors pair qui t'a conquis.

Entrée-plat-dessert. Tu as mangé avec appétit, toi qui as perdu dix kilos en trois mois. Est venu le moment de régler l'addition. Le serveur, un jeune homme maigre, pâle, timide, boutonneux à longue frange, s'est approché de notre table avec le terminal de paiement. Soudain la machine a glissé, elle lui a échappé des mains, elle s'est fracassée sur la table adjacente, renversant deux verres propres. Les débris ont scintillé sur la table voisine, la banquette et le carrelage. Se dire alors que notre fils et ses camarades en kaki ont intérêt à se montrer moins maladroits en manipulant leur mitraillette…

S'il te plaît, réussis à rester en vie, mon fils. Tu es trop jeune pour mourir. Ne meurs pas, pense à nous, c'est une supplication, ma supplication de mère.

Ton récit imagé ne s'est pas interrompu. De retour à la maison, au salon, sur une feuille posée à même le parquet, tu as tracé un tableau. Tu as catégorisé les armes que vous maniez, les classant dans les colonnes appropriées. Un nouveau sigle est apparu : NRBC. Tu as discouru sur les menaces ou risques nucléaires, radiologiques, bactériologiques et chimiques. Tu as recraché le cours, t'attardant sur les points les plus saillants, apocalyptiques. Épouvantés, angoissés, assis côte à côte sur notre antique canapé où on s'enfonçait comme dans un marécage, nous t'écoutions.

Vous vous êtes entraînés à enfiler et ôter une tenue de protection, à porter un masque antigaz. Il y a eu ce test d'exposition aux gaz lacrymo, vous étiez enfermés dans une pièce, l'air rendu abject, irrespirable. Vous avez toussé, pleuré, vomi. Vous avez été formés à la fouille d'un terroriste. À vous méfier d'un enfant missionné par l'ennemi pour récolter des informations auprès des soldats de l'armée adverse. Vous serez bientôt mis en situation de torture. Tu es très excité à l'idée de garder le silence pendant cette simulation. On vous a expliqué l'exercice, il a enflammé ton imagination. Vous avez marché vingt, trente kilomètres avec quarante kilos sur le dos. Vous vous êtes relayés, de nuit, à monter la garde autour d'un camp. Vous avez dû le défendre lorsque vos cadres ont simulé un assaut ennemi. Vous avez encore creusé des trous de combat, vous avez encore dormi dedans. La nuit, il gelait. Au réveil, l'eau de vos gourdes était solide, de la glace. Le pourtour de tes ongles est noir, la terre s'est incrustée jusque dans ton cou. Tu as des plaies dans le bas du dos, là où ton arme a frotté contre ta peau. J'ai surmonté ma colère et mon angoisse : les plaies étaient en voie de cicatrisation. Tu m'as montré tes croûtes mais aussi de la peau rose, saine. Je devais me contenir, rester calme, je n'étais pas calme. Je répétais ma prière muette : s'il te plaît, réussis à rester en vie, mon fils. Restez tous en vie, n'allez pas mourir pour moi, pour nous, non, je ne le veux pas.

Des liens se nouent. Tu apprécies plusieurs engagés, ils t'apprécient, vous êtes de très bons camarades les uns pour les autres. Ça, et toutes sortes d'autres expériences positives, vos cadres le commentent avec cette ritournelle glaçante : « Pourvu que ça dure ! »

Oui, parce qu'on espère que vous n'enfilerez jamais de combinaison haute sécurité. Que vous ne serez jamais soumis à la torture. Que jamais vous ne l'infligerez, quelle infamie.

Je me suis toujours décrétée antimilitariste. Une revendication sotte ou naïve puisque la faiblesse militaire d'un pays le rend vulnérable aux ingérences et aux attaques d'autres nations haineuses et belligérantes – difficile de le nier. C'est une chose de vouloir vivre sans la guerre, c'en est une autre de penser qu'elle ne peut pas survenir et qu'il n'est pas nécessaire de se préparer à défendre ses libertés et ses frontières. On discute de ma naïveté avec ton père. Et on se souvient…

Quand nous avons appris que la guerre était déclarée à la frontière de l'Europe, que la Russie attaquait l'Ukraine, il y a un an exactement, je me souviens de toi, dans notre minuscule cuisine. Je me souviens de ton visage, de notre angoisse. Je ne savais pas alors que tu t'engagerais – le savais-tu, toi, déjà, en ton for intérieur, tes pieds nus sur le carrelage gris et froid, toi planté devant moi, ton regard accroché au mien ?

Attiré par la question dont nous débattons au sujet de mon antimilitarisme ou de mon pacifisme, le chat est arrivé auprès de ton père qui occupait l'embrasure de la porte, entre le couloir et le salon. Il est intervenu dans la discussion, il a miaulé, s'est frotté aux jambes de ton père, a miaulé encore, et soufflé un bon coup, comme il sait faire. Ton père s'est penché, l'a pris dans ses bras et contre lui. Les yeux plissés, le chat m'a regardée avec un air de satisfaction hautaine. Ton père l'a embrassé sur la tête, l'a installé contre son épaule, l'a caressé. Le ronronnement du chat rappelait presque le vrombissement d'un avion de chasse au décollage ! Ah ! le plaisir enfantin de caresser son pelage, et les vibrations rassurantes du ronron, le calme et l'apaisement que ça procure. Et ton père est retourné à son bureau.

Ton père prétend que je ne peux pas me proclamer pacifiste, sous prétexte que je m'énerve parfois à l'excès, mais je sais pourtant que je veux écrire un plaidoyer contre la guerre. Cela m'afflige, cela m'attriste trop, ça me fend le cœur que des jeunes gens, garçons ou filles, meurent pour cette chose qu'on appelle patrie. Un terme aux accents trop grandioses pour ne pas devenir suspect. Que des jeunes crèvent au combat, même s'ils luttent pour la liberté, c'est trop tragique.

En quoi serait-il contradictoire d'avoir un fils militaire et d'être antimilitariste ? Le pacifisme s'impose plus que jamais puisque de la paix dépend la vie de notre fils !

Notre fils, militaire, une déflagration qui n'en finit pas…

Tu es reparti. Ce départ est un nouvel arrachement. Est-ce que cela changera ? Un jour le départ se fera-t-il dans la douceur ? Nous n'y sommes pas…

Tu es parti et devant moi encore je vois ton crâne, tes cheveux piquants, tes yeux en amande, tes paupières un peu tombantes, tes sourcils noirs, ton grain de beauté sous l'œil gauche, ton nez droit, ton visage rond. Le visage expressif de mon fils. Ton sourcil gauche éloquent que tu soulèves comme un accent circonflexe. Ton front mobile, longtemps invisible derrière les boucles, ses trois rides horizontales qui se creusent ou se détendent quand tu parles.

Le lendemain, tu nous as envoyé une vidéo. Ton père est venu me la montrer, il a quitté son bureau où il travaillait pendant que je lisais au salon, allongée sur l'incontournable canapé.

On vous avait demandé d'apprendre par cœur un paragraphe ou quelques phrases. Ordre du caporal-chef Gelins. À votre arrivée à la caserne, il vous a demandé si vous aviez appris votre texte. Ceux qui ont répondu oui mais qui n'ont pas su le réciter, ceux qui ont osé mentir, ont dû ramper au sol.

Tu as filmé la scène.

Ton père a dirigé l'écran de son téléphone vers moi.

À la vue de ce châtiment, j'ai frémi, me souvenant de toi, avant ton engagement dans l'Armée, disant : « Je veux être obligé d'obéir à un ordre. » J'étais gênée, très mal à l'aise, car je voyais des silhouettes en treillis, se traînant à terre, avançant à l'aide de leurs coudes et de leurs genoux, à la tombée de la nuit, dans l'air froid de l'hiver. Et elles regardaient celui qui les filmait depuis la fenêtre, un camarade au chaud, assis sur son lit ou debout dans le dortoir, du bon côté de la vitre. Par-dessus la scène animée des gars à plat ventre s'incrustait l'intérieur de la chambrée, le reflet bleuté et indistinct d'un espace propre et confortable : lits, matelas, couvertures, armoires. Et le contour immobile de celui qui enregistrait la vidéo : toi. L'effet de miroir et de surimpression était saisissant. J'étais d'autant plus troublée que le visage du gars tourné vers toi, celui qui te fixait, qui ne détournait pas son regard, qui ne baissait pas les yeux, n'était pas celui d'un jeune homme vexé ou furieux, c'était le visage lisse d'une personne qui acceptait une sanction et un ordre. Qui l'exécutait sans s'insurger. Cela me dérangeait de me retrouver spectatrice de cette soumission douloureuse. Mais je me suis dit que si je n'assistais pas à l'humiliation, elle existerait tout de même. Ta vidéo me transforme en voyeuse – ça me débecte. Mais je m'y confronte. Et puis je me dis que c'était un calcul de ta part, un acte délibéré de « politicien » : avec ces images, tu dénonces les traitements dégradants. Nous ne pouvons pas les ignorer puisqu'ils se matérialisent à l'écran. Je sais que vous traversez des moments éprouvants, tu ne les as jamais éclipsés. Tu n'occultes pas le découragement, le renoncement, l'abandon de certains gars. Par moments, vous êtes mortifiés, avilis. Subitement, j'ai honte d'être captivée par le récit de tes expériences, de vos tribulations, détestant en moi ce qui s'apparente à de la complaisance. Qu'est-ce que je préfère ? Voir ou ne pas voir ? Aurais-je préféré voir de la rage sur le visage obliquant vers toi ? Alors que j'identifie là de la soumission, ou le masque de la soumission ? Si tu veux que j'en sois témoin, c'est aussi parce que la personne soumise, parfois, c'est toi. Parfois, souvent, c'est moi aussi.

Lors d'un long rassemblement des troupes devant les baraquements, un engagé transi de froid s'est évanoui, as-tu écrit à ton père. Car les températures en journée ne dépassent guère zéro dans la ville de ton régiment. La nuit, le thermomètre s'approche des moins dix. Au jeune en treillis, frigorifié, qui a perdu connaissance, on a demandé un compte rendu. Qu'il doive expliquer son hypothermie m'a scandalisée. Ton père m'a rapporté l'information, tapée dans un texto. Et il m'a semblé discerner ton incrédulité à travers la voix de ton père. Tu lui as aussi écrit qu'au retour de cette permission, douze gars ont annoncé ne pas vouloir continuer dans l'Infanterie : une réorientation les attend vers le « train », soit la « logistique », soit la « cuisine ». Le terrain, ses lits de terre et de pierre, ses heures glacées, ses heures affamées, ses heures sans sommeil, ils n'en peuvent plus, ils ne rêvent plus d'aventure et d'héroïsme, c'est trop éreintant.

Pendant ce temps, l'une des deux filles de ta section a subi la foudre de tes cadres. Certains d'entre eux, estimant qu'elle devait quitter l'Armée, se sont appliqués à la décourager, l'incitant à renoncer. Ils se sont montrés cruels. Elle a résisté, ne s'est pas laissée abattre. Tu reconnais sa détermination exemplaire, tu apprécies ce trait de caractère. Bien que ses résultats au tir soient catastrophiques, sa coordination nulle, ses résultats épouvantables, elle s'obstine. Elle pleure, sèche ses larmes, ne s'avoue pas vaincue. Son acharnement force ton admiration, tu parles d'elle avec respect, je dirais même qu'elle t'émeut, cette jeune femme. Brochet, que les cadres ont surnommée « Brochette ». D'ailleurs sa ténacité a été récompensée, vos chefs se sont ravisés, enjoignant aux meilleurs de la section de l'aider à « faire ses devoirs ». Et toutes les nuits où vous n'êtes pas sur le terrain, tous les soirs où vous êtes en chambre, les premiers de la classe l'aident avec les cours pendant deux ou trois heures. Tu as observé, perplexe, que tu n'avais jamais vu ça avant, à l'école. Que jamais tu n'avais entendu un prof demander au premier de la classe d'aider le dernier. C'était plutôt chacun pour soi. Et que le meilleur gagne. Et tant pis pour les perdants.

Tu écris à ton père : d'un portable à un autre, des messages courts circulent entre vous et j'en garde quelques traces ici, où je m'adresse à toi, où tu t'adresses à moi.

Autrefois, tu te plaignais que je ne t'écoutais pas. À présent, je t'écoute et tu me laisses prendre des notes devant toi quand tu racontes. Tu sais que je réécris tes expériences, tu le veux bien, et c'est comme si je t'écrivais.

Je comprends ces circulations ou ces échanges entre nous comme des offrandes.

Jeudi après-midi, tu as appelé ton père, annonçant ton retour ce week-end encore. Tout à l'heure, tu seras là ! Nous te verrons deux week-ends d'affilée. Joie !

Mais je suis frustrée car samedi matin je ne serai pas là. Un rendez-vous a été pris, impossible de m'en dédire – je suis déçue. Cependant je ne peux pas vivre suspendue à tes retours, je dois continuer avec le programme établi, tenir ma parole, mes propres engagements. Je ne peux pas être seulement une mère, celle qui attend son fils.

Et ces notes qui s'accumulent ? Je leur imagine d'autres destinataires que toi. Je voudrais dire à ceux qui n'y ont jamais songé les effets de ce choix pour une mère ou un père. Dire notre crainte : que notre enfant perde sa vie au service de son pays. Car nous vivons avec cette connaissance et cette peur : on prépare notre enfant à peine sorti de l'enfance, de l'adolescence, à la guerre. Être soldat, c'est peut-être un métier avec sa grille de salaire et ses primes, ses avancements et ses décorations. Mais ce ne sera jamais un métier équivalent à un autre.

La sonnerie de l'interphone a retenti ! Tu étais à la porte ! Car tu as laissé tes clefs ici, sur le banc, dans l'entrée. Ton père t'a ouvert et tu as bondi dans l'appartement, abandonnant sac à dos et chaussures à l'entrée du salon.

Ton sourire ! Ton visage radieux ! J'ai à peine eu le temps de m'y faire que tu avais déjà embrayé avec le récit :

– Quatorze personnes de plus veulent abandonner ! Parce que le lieutenant est en congé paternité, et c'était un lieutenant maman poule ! Depuis son départ, c'est sport tout le temps, réveil à quatre heures trente, lavage-rasage-habillage-rangement-travaux d'intérêt généraux, ensuite rassemblement et sport pendant une heure, pompes sur le gravier !

Les cailloux s'incrustent dans les mains ! À six heures trente ou sept heures, petit déjeuner, un pain ou deux, selon l'effort fourni pendant l'heure et demie de sport ! C'est dur !

Pressé de raconter, tu as débité ces informations d'une voix forte, reprenant à peine ta respiration entre chaque phrase, tu étais si content ! Courte pause, et tu as repris :

– Deuxième séance de sport, et puis il est dix heures, entre dix heures et douze heures : des cours. Sur les ordinateurs de l'Armée – qu'est-ce qu'ils sont lents !

Chez nous, ton père a fait installer la fibre optique, ça va vite. Tu nous as ensuite expliqué le quota de matériel fourni par l'Armée à chaque soldat. Un casque de combat tous les trois ans. Cinq paires de chaussettes par an. Ça se commande sur un site de l'Armée. Caporal-chef Gelins vous a prodigué des conseils. Tu l'as écouté, tu as retenu, tu répètes pour nous.

Tu possèdes maintenant un képi, il vous a été remis pour une cérémonie où le colonel s'est adressé à vous. Le colonel est en lien avec les généraux. Eux savent ce qui se passe avec la Russie. Tu l'as dit posément, je te dévisageais, tu étais serein, calme et excité à la fois. Tu fanfaronnais un peu en nous parlant de la grosse séance « jambes », des enchaînements de squats, avec le sergent-chef Mansouri qui criait :

– Abnégation ! Sacrifice ! Esprit de corps ! Douleur ! Camaraderie !

Et vous passiez des squats aux pompes. Le chef braillait :

– On va vomir les burgers !

Caporal-chef Gelins mimait le vomissement pendant que le sergent-chef Mansouri criait :

– Abnégation ! Sacrifice ! Esprit de corps ! Douleur ! Camaraderie !

Et vous persévériez dans l'effort.

– Et puis il y a les marches avec les gros sacs sur le dos. On est passés par un très beau village, il y avait des maisons en pierre, une rivière au milieu, le courant était fort.

Pendant deux heures, tu as raconté. Tu décrivais avec précision ton environnement, l'ambiance des lieux, tu nous as emmenés avec toi, nous entraînant dans le paysage à ta suite, nous avons vu avec tes yeux les maisons en pierre du village, la place, l'abreuvoir, l'église, l'eau vive et claire de la rivière qui s'écoule sur son lit de cailloux, son petit pont. Nous avons vu les volets en bois des façades, les rideaux aux fenêtres, avons entendu vos pas qui résonnaient le long de la rue principale, les chiens qui aboyaient derrière les palissades ou les murets de pierre au bruit de votre passage, de vos bottes sur le goudron.

L'intensité du récit ne faiblissait pas. Tu ménageais des rebondissements, des pauses, des accélérations, des ralentissements – tout ce que je ne sais pas écrire. Tu nous as raconté la crampe d'untel, le ras-le-bol de tel autre, vos ampoules aux pieds, les paroles réconfortantes, fraternelles, solidaires, ce que vous échangiez entre vous, il fallait tenir bon. Il y a l'humour, les blagues, les rires. Les gestes consolants, l'entraide car vous vous poussez dans les côtes. Un gars costaud se positionne derrière un autre, plus chétif, il applique sa main sur le sac à dos du gars et le pousse vers le sommet. Ou bien une main généreuse se glisse sous le sac d'un gars épuisé et le soulève, ce sac pesant, encombrant, soudain rendu plus léger jusqu'en haut de la colline. La main qui soulage, on peut lui témoigner de la gratitude. En retour, des camarades ont plié ton linge pour toi, tu leur es reconnaissant de t'avoir débarrassé de cette corvée. Une fois encore, nous étions parmi vous, marchant sur les routes bordées de haies, transpirant sur les chemins de campagne entourés de champs où broutent des vaches.

Nous étions avec vous au bord d'une falaise, regardant tout en bas, gagnés par le vertige comme ton camarade Santos. Nous nous sommes enfoncés au plus touffu de la forêt, nous avons débouché au milieu d'une clairière que le soleil illuminait. Vous êtes entrés dans la lumière, l'herbe tendre scintillait, vous étiez émerveillés et nous avec toi.

Notre dos s'est voûté avec les vôtres sous le poids des sacs que vous portiez, nos épaules avaient presque mal comme les vôtres, on croyait sentir les entailles des sangles dans ta chair. Ton plaisir à raconter ; notre plaisir à t'écouter.

Tes yeux étincellent du plaisir à vivre le dépassement de soi. La découverte d'un milieu tellement à part, celui de l'Armée. Tu l'étudies, l'examines, le décortiques et le restitues pour nous. L'intensité des relations qui se nouent là, arme à la main, tu nous la fais ressentir. Tu savoures ton récit, tu te repais de notre attention, prends le temps de l'histoire à raconter, la précieuse histoire d'un nouveau début, d'un tournant dans une vie. Et nous, nous savourons ton plaisir à nous tenir captifs de ton récit, il te vivifie – tu es si vivant.

Soulagement et angoisse s'entrelacent.

Les autres gars, comment racontent-ils à leur entourage ce qu'ils vivent ? Les filles, que disent-elles de leurs expériences, que disent-elles des garçons, à leurs mères, à leurs copines ? Comment fait-on quand on est une jolie, une très jolie fille parmi tous ces jeunes gens ?

Tu as enchaîné les anecdotes, les descriptions, tu as exposé tes projets : intégrer la SAED (section d'aide à l'engagement débarqué), considérée comme l'élite du régiment. Tu t'es exclamé :

– Ils font la chasse à l'homme ! ! !

Au sein de cette unité, les soldats apprennent à pister, à infiltrer une base ennemie, ils accomplissent des missions de renseignement et des actions chocs. Tu t'es enflammé :

– C'est un groupe commando !

Après un éventuel passage par la SAED, tu envisages d'intégrer le « bureau des sports », où tu serais moniteur d'éducation physique militaire et sportive (EPMS) : ton projet initial devient un objectif pour plus tard.

Mais au terme de tes six mois de formation, tu effectueras d'abord des missions Sentinelle (ensuite tu seras envoyé en Pologne, on vous l'a dit et on vous y prépare). On vous forme dès maintenant à l'opération Sentinelle. On vous a décrit les bagarres à la gare du Nord, la conduite à tenir en pareilles situations. Vous ne devez pas intervenir pour arrêter une bastonnade entre civils, vous avez pour instruction d'appeler la police. Vous, vous êtes là pour arrêter le terroriste « d'inspiration djihadiste ». On vous a parlé du véhicule que vous conduirez, de la musique à fond dans l'habitacle, des burgers que vous engloutirez en quelques bouchées. Tu as dépeint la scène avec un sourire provocant. Tu étais plus grave en énumérant les destinations des gars de ton régiment qui partiront en OPEX prochainement : Mayotte, Sahel, Côte d'Ivoire, Centrafrique.

Tu as partagé de nouvelles photos avec nous. Des ciels magnifiques ont défilé sur l'écran de ton téléphone. Car vous étiez sur le pas de tir à l'aube.

Et nous avons découvert une aurore glorieuse. Vous y étiez aussi au coucher du soleil et nous avons vu le ciel rougir. Et la nuit froisser le jour qui se déchirait en rose et violet. Lors d'une cérémonie organisée dans la cour d'un château austère, vous vous tenez sous des nuages foncés, presque noirs. Médailles et cordons décorent les gradés en uniforme de cérémonie beige. Vous, vous êtes toujours revêtus de vos treillis kaki. Et l'orage lâche ses flèches hostiles et glacées sur les hommes : des traits gris strient la scène.

Ces photos si réussies ne me font pas oublier ton corps changé. Tu as encore maigri. Ton visage est devenu plus anguleux, ton nez plus fin, ton menton plus pointu. Les joues rebondies de l'enfance ont disparu. J'ai commenté cette métamorphose. Fier et arrogant, tu as rétorqué, les sourcils levés haut :

– Je vieillis, et très vite !

Vingt-trois heures quarante-cinq, je tombais de fatigue, le récit s'interrompait : tu avais faim ! Tu t'es catapulté hors du fauteuil gris, près de la bibliothèque, tu es allé à la cuisine réchauffer ton repas, tu t'es affairé devant la cuisinière, j'ai entendu la porte du frigo s'ouvrir et se fermer, puis la sonnerie du micro-ondes retentir et tu as disparu dans ta chambre avec ton assiette et une brique de lait UHT.

À minuit, j'ai pris un dernier thé avant de me coucher, épuisée, tandis que ton père s'énervait avec le chat, jaloux de l'attention que nous te portions. Il ne cessait de miauler à la fenêtre, voulant explorer la cour intérieure, mais dès qu'il a été lâché dehors il a fait demi-tour illico presto, il avait oublié que c'était l'hiver.

Tu es heureux mais la pensée de la mort ne nous quitte pas…

Il y a quelque temps, en marge d'une réunion au travail, j'ai entendu quelqu'un dire d'un patient dont le corps avait été repêché dans un canal à l'étranger, trois semaines après avoir disparu : « Sa mort lui appartient. » Les chairs abîmées indiquaient que le décès datait du jour de sa disparition. Un suicide réfléchi. Aux patients qui côtoyaient le noyé depuis plusieurs années au centre de jour et qui finiraient bien par deviner ou apprendre sa mort, aucun soignant ne révélerait ni où ni comment sa vie s'était achevée (parce que sa mort lui appartenait).

La mort d'un soldat, qu'elle advienne dans le cadre d'une opération militaire extérieure ou pendant qu'il est en service, ne lui appartient pas. Elle n'appartient pas non plus à ses parents, ni à ses amis, ni à sa copine, ni à sa femme, ni à ses enfants – s'il en a. Elle appartient d'abord à l'Armée, à la nation. Abnégation, sacrifice, esprit de corps, douleur, camaraderie. Mais tu l'as dit :

– Depuis l'an deux mille, il n'y a eu que trois morts au régiment.

Tu nous as rappelé l'ordre des choses, comme si tu ne courais pas plus de risques qu'avant ton engagement : ton père et moi, nous mourrons avant toi. Ces conversations glauques que nous avons toujours tenues prennent désormais, je veux dire depuis ton engagement dans l'Infanterie, une tonalité plus grave.

À l'Armée, tu aurais pu être linguiste ou météorologue, nous aurions préféré ces options-là pour toi, mais ces métiers préparent insuffisamment au désastre tel que tu l'imagines, ils ne t'intéressent pas. Puisque tu imagines une fin du monde violente, où l'on se battrait pour trouver à boire et à manger. Et tu as le goût du danger. Je te découvre cette attirance. Et ça m'affole. Ça m'affole un instant, ça pourrait m'affoler longtemps. Mais je ne veux pas de ça. Je ne me laisserai pas faire. Alors quand l'affolement se rue sur moi, je m'arc-boute, je résiste. Je l'éconduis. M'entraîne à être glaciale avec lui.

Je me souviens de ce samedi. Quand je suis rentrée du rendez-vous, je me suis affalée avec un thé sur notre canapé à l'assise déformée, et tu es venu me rejoindre, te carrant dans le fauteuil gris en face de moi.

Tu m'as récité le code d'honneur du soldat.

1. Soldat français, je m'engage à servir mon pays.
2. En toutes circonstances, je me conduis avec honneur, courage et dignité.
3. Toujours disponible et discipliné, je suis exemplaire dans mon comportement comme dans ma tenue.
4. Respectueux des lois et des règlements, je m'exprime avec la réserve qu'exige mon état militaire.
5. Loyal à mes chefs et dévoué à mes subordonnés, j'obéis avec confiance et commande avec exigence et bienveillance.
6. Membre d'une communauté soudée par l'esprit de corps, je respecte tous mes frères d'armes.

7. Prêt à l'engagement, je m'entraîne sans relâche et recherche l'excellence.
8. Au combat je n'abandonne ni mon arme ni mes camarades morts ou blessés, maître de ma force, j'agis avec humanité et respecte mon ennemi.
9. La mission est sacrée, je l'accomplis jusqu'au bout avec détermination et esprit d'initiative.
10. Le succès des armes de la France guide mon action.

Tu m'as raconté comment certains gars « psychotent ». Il y a la terreur de lancer la grenade, les doigts se mettent à trembler, on ne parvient pas à la dégoupiller. La trouille de ne plus savoir tenir son arme, d'oublier un objet à ranger dans le sac. La trouille de ne pas savoir marcher en soldat exemplaire : il y a ceux qui ne savent plus dérouler leurs foulées, coordonner les mouvements de leurs jambes, de leurs bras, ils se raidissent, exagèrent leurs gestes. Alors le sergent-chef Mansouri se manifeste, caricaturant la marche raide et empesée des gars figés. Il exagère ses propres mouvements, jambes et bras levés trop haut, il tourne la raideur des engagés en ridicule, mimant les soldats fanatiques des régimes autoritaires. Il hurle :

– On n'est pas au IIIe Reich !

Les gars se détendent, leur marche reprend une allure souple.

Le salon était plein de ta présence, de ta nouvelle vie, l'espace se remplissait de ta voix assurée, de ton énergie débordante. Le fauteuil ne parvenait pas à te contenir : debout, énergique, tu mimais les marcheurs rigidifiés par la peur. Malgré moi, je me suis esclaffée de l'ironie de Mansouri.

Le chef inspire le respect. N'apprécie pas que vous frissonniez dans le froid, vous motive à coups de grandiloquence assumée :

– Vous êtes écrasés par le froid ! Vous laissez entrer le froid dans votre tête ! Vous devez refuser le froid ! Redressez-vous ! On garde la tête HAUTE !

Assène, avec emphase :

– Vous vous laissez abattre par la douleur ! NON ! Nous sommes dignes ! Nous sommes courageux et déterminés ! Montrez-le ! Soyez exemplaires !

Les gars redressent leurs épaules. Pas de relâchement avec Mansouri, il ne tolère pas ça, il maintient la pression, vous devez apprendre, et vite :

– Si ça rentre pas par la tête, ça rentre par les bras !

Et vous enchaînez des pompes, poings fermés sur le gravier. Il insiste :

– Si ça rentre pas, on tape plus fort ! On est à la forge, on martèle ! Si ça rentre pas, si ça sort par un autre côté, on recommence à taper !

Toi et lui, vous repreniez votre souffle entre deux tirades :

– Vous apprendrez ! Vous changerez ! Vous grandirez !

Mansouri se superposait à Bennis. C'est ce que je constatais, buvant mon thé, regardant mon fils. Mon Dieu, m'étais-je dit, il y a au moins deux soldats qui gesticulent dans mon salon, peut-être même toute une compagnie, pire : tout un régiment !

Quand vous partirez en opération extérieure, les familles seront invitées au régiment où un gradé nous donnera de vos nouvelles. Le régiment nous absorbe, en même temps qu'il t'absorbe et que tu l'absorbes.

Une rumeur agite votre section : caporal-chef Gelins va être muté. Tu l'apprécies ; tu crains son départ. Du coup, *argh !*, je le crains aussi.

Mais ton père est arrivé au salon, s'inquiétant de ce que j'écrivais. Il redoute que, par l'écriture, je ne te nuise, que je nuise à ton engagement, peut-être à ta carrière, si tu devais choisir de rester à l'Armée.

Je me suis employée à le rassurer :

– Mais le ministère de la Défense communique in extenso sur ses missions et ses armes ! L'Armée possède ses propres comptes Twitter et Facebook ! Chaque régiment de même ! Et les épreuves que subissent les gars, elles forment des soldats, le site internet de l'Armée ne dit pas autre chose ! Elles sont nécessaires, c'est une question de vie ou de mort, et je le comprends.

Je me suis défendue :

– J'écris seulement nos conversations ! Et mes pensées !

J'ai expliqué ce qui me taraudait :

– Je me dis que, malgré moi, j'humanise l'Armée, et que c'est un problème.

Et j'ai ajouté :

– Mais j'écris pour la paix.

Car je rêve d'une paix irrésistible, fabuleuse, définitive.

Craignant que, de ta chambre, tu ne m'entendes, j'ai chuchoté :

– Avant tout, ce que je fais, c'est retenir un peu de notre garçon qui est parti. Comment faire pour que son enfant soit libre de ses choix ? Libre de partir ? Alors qu'on voudrait le garder auprès de soi ? Même si on sait que c'est impossible. Qu'on ne doit ni le vouloir ni l'espérer.

La séparation était inévitable, c'est bête, mais il fallait se le redire.

L'écriture permet ça, elle fixe les êtres qui m'échappent, elle les retient auprès de moi, contre mon cœur, sans qu'ils soient appesantis ou enchaînés. Et j'ai filé à la cuisine, honteuse et tracassée par l'appréhension de ton père. Laquelle me gagnait. Convaincue cependant qu'écrire nous aidait tous les trois dans cette traversée commune.

Mais les ruminations coupables et tristes ne me quittent pas : la mise en garde de ton père m'a préoccupée – je ne voudrais surtout pas te nuire. Et puis, à la cuisine, j'ai repéré un dessert, près de la planche à découper, un dessert dans une boîte métallisée, ronde. Il provient de l'une de tes rations de terrain. Tu l'as abandonné, ou déposé là, bien en vue. Un cannelé bordelais. Une image de chef cuisinier, toque et barbe blanches, figure sur le côté de la conserve. Réconfortée, j'ai souri. J'ai lu dans ce geste que tu voulais partager tes aventures avec nous. Cet objet rapporté, exposé près de l'évier, est une façon de le signifier. Cela m'a attendrie. Redonné confiance.

Le chat entre mes pattes, j'ai lavé et préparé les légumes pour la soupe. La cuisson lancée, *hop*, j'ai attrapé le couvercle et l'ai posé sur la casserole, *bing*. Le feu baissé, je suis retournée au salon, suivie du chat.

Mais tu m'as rejointe. Très impressionné par le chef Mansouri, tu as déboulé de ta chambre avec le besoin impérieux de me parler de lui, là tout de suite, et j'étais au garde-à-vous et tout ouïe ! Tu l'as magnifiquement incarné : Mansouri était dressé devant moi, il occupait le centre de la pièce, avec toute sa force de conviction. Le visage sérieux, grand comme toi, le torse bombé, il s'est avancé et a prévenu :

– C'est la méthode de l'inconfort !

Jambes écartées, le sergent-chef a continué :

– Si vous n'avez pas mal au cou, c'est que vous n'avez pas votre casque sur la tête ! Si vous n'avez pas mal au dos, c'est que vous n'avez pas votre sac sur vos épaules ! De la tête aux pieds, c'est la méthode de l'inconfort ! On n'oublie rien, on renforce tout !

Si vous teniez mal votre arme en position de tir, si vos bras se baissaient, le chef fustigeait, les poings sur les hanches :

– Arrêtez de subir vos armes !

Si vous soupiriez, si vous geigniez, si vous grimaciez, il hurlait :

– Subissez en silence !

Et tu as fait silence ; au milieu du salon, Mansouri s'est tu. Et puis tu as relevé :

– Lever un sourcil, ça passe !

Me regardant, esquissant un sourire espiègle, tu arquais un seul de tes sourcils noirs et drus. Et tu as bondi hors de l'appartement, tu as filé, accompagné de Mansouri, tu sortais rejoindre tes copains, vous mangiez ensemble ce soir-là. La soupe était pour nous, les parents. Je suis retournée à la cuisine. Les légumes cuits, j'ai plongé le mixeur dans la casserole, j'ai ajouté une cuillère de crème, du sel, du poivre : le repas était prêt.

Je me suis servi de la soupe en pensant à tes bonds dans l'appartement, cet espace qui vibrait de ton énergie, de ta vie ardente, qui résonnait des préceptes de tes cadres.

Avalant la soupe, je m'apitoyais sur mon sort : j'étais courbaturée, mes membres ankylosés à force de lire ou d'écrire, assise de travers sur notre sofa épuisé. Alors que toi, tu ne te plaignais pas de coucher au fond d'un trou humide creusé dans la terre. L'ardeur te possède. Une détermination nouvelle brûle en toi. Et je ne suis pas sûre du tout que ce soit une ardeur guerrière. Tu vibres de tout à fait autre chose. Tu vibres de l'histoire à raconter. Le sergent-chef Mansouri, tu le racontes aussi à tes copains, tu répètes ta performance, ça t'amuse tellement d'endosser son rôle que tu ne te prives pas du plaisir de le rejouer. Tu deviens acteur autant que soldat !

Quelques heures plus tard, retour bondissant du fils :

– En sortant du restau, j'ai fait le PAM RAS, « personnel armement matériel rien à signaler », j'ai touché mon torse, pas de chargeurs, normal ! J'ai continué, j'ai touché ma tête, pas de casque, normal ! Mais je me suis souvenu que j'étais entré avec un bonnet ! Et je ne l'avais plus ! Alors je suis retourné le chercher !

Après la démonstration du PAM RAS, tu t'es agenouillé sur le parquet devant le canapé car j'étais là, sur notre canapé déglingué, assise, tordue, l'ordi sur les genoux. Tu voulais me montrer une sélection de vidéos détaillant les spécificités d'une mitraillette ou d'un Glock. Mais je ne voulais pas, j'ai refusé. Tes histoires oui, les armes non. Alors tu m'as décrit le rituel du PAM RAS au régiment. Et l'écho de la dernière syllabe, répétée par les gars, répercuté par les façades des bâtiments :

– On dirait le cri des mouettes : *rrass rrass rrass*…

Comme des ailes, tu as ouvert tes bras et l'écho des mouettes a empli le salon de notre petit appartement de banlieue.

PAM RAS : des hommes se préparent à la guerre.

Soldat Bennis, je ne veux pas que tu partes à la guerre, quelle horreur, la guerre, comment se fait-il qu'une mère se retrouve dans pareille situation ? À espérer que son fils n'aille pas à la guerre ? À craindre un départ en OPEX ? À vider les poches des treillis de son fils, son fils unique, son seul enfant, avant de les fourrer, ces horribles vêtements, dans le tambour de la machine à laver ? Comment accepter que nous entendions des balles à blanc cogner le tambour de la machine à laver ? Calibre 5,56 (as-tu précisé). Outre le fait que je vidais mal tes poches ?

Enfant, tu avais souhaité devenir soldat, je ressasse ça, nous avions dit non, tuer c'est affreux, on a peur, on ne veut pas te perdre. Tu avais cessé d'évoquer le sujet, on l'avait oublié. Mais le souhait n'était pas mort. Ou il avait ressuscité. Maintenant nous devons nous résigner : la guerre se rapprochera de nous à mesure que tu te rapprocheras d'elle.

Tu obéis sans te plaindre. Tu ne contestes pas les ordres. Ça ne te ressemble pas. S'habituer à ça.

Enfant, pendant les grandes vacances, tu aimais marcher pieds nus partout. Tu te fichais des épines. Un été, nous avions reçu l'appel téléphonique angoissé d'une responsable de colonie de vacances : « Votre fils va partout pieds nus, il y a des aiguilles de pin ici, ce n'est pas possible, on n'arrive pas à l'obliger à porter ses sandales ! Dites-lui que ça ne peut pas continuer comme ça ! »

Voilà que l'enfant aux pieds nus d'une pinède odorante se prépare à la guerre ou à l'apocalypse, quel malheur. Mais non, tu ne te destines pas seulement à la guerre, je me raisonne ; au prix d'efforts titanesques, je me choisis des pensées raisonnables, apaisantes : l'Armée est d'abord une force de dissuasion, on l'appelle aussi en cas de désastre, de catastrophe naturelle, lorsque les populations sont en danger…

Il y a tant de reproches que je ne me fais pas. Ils seraient futiles, c'est trop tard. Pourtant, ils s'impriment dans ma conscience.

Tout ce à quoi j'aurais dû veiller.

M'obliger à t'obliger, j'aurais dû.

Des commandements dérisoires, si triviaux, en regard du code du soldat.

Mais tu n'aspires, le verbe est sans doute impropre, à obéir qu'à l'Armée. Et seulement depuis que tu as choisi cette voie. Tu assènes ta croyance dans l'apocalypse imminente et développe ta méthode d'adaptation, bondissant, agile, d'une pièce à l'autre avec l'élégance d'une antilope ! Chacun de tes pas est un saut, une élévation, tu es souple, vif, plein d'élan, élastique. Tu es absolument charmant, tu brûles d'un feu joyeux. Bavard et drôle, lumineux, tu nous divertis, tu nous éblouis, nous sommes des spectateurs émerveillés, inquiets, tellement soucieux. Cependant nous nous taisons. Tu nous as mis en garde, tu as prévenu :

– Si mes histoires vous font peur, je ne vous raconte plus rien.

On se le tient pour dit.

L'interdiction de partager mes expériences professionnelles ou mes engagements, j'ai vécu ça avec tes grands-parents. J'avais reçu l'ordre de me taire sur ces sujets. En retour, ils ont récolté mon silence et mon éloignement. Je ne commettrai pas leur erreur.

PAM RAS : un gamin étourdi se souvenait de son bonnet en sortant d'un restau avec ses copains et retournait à l'intérieur le récupérer. C'était drôle et touchant.

Tu as acheté ton billet de retour en même temps que celui de l'aller mais, à la veille du départ, tu as appris que ton train était annulé. À cause de la grève. De la très forte mobilisation sociale qui s'organise contre la réforme des retraites. Dépité, tu as été contraint de racheter un billet, décidant de prendre l'un des premiers trains de la journée de dimanche, craignant de nouvelles annulations. Il s'agit de ne pas arriver après le couvre-feu du régiment, personne n'aime devoir rédiger un compte rendu justifiant son retard.

Tu es parti et je pense à ton dernier geste, dimanche. Tu m'as donné une cartouche, une douille, plutôt, un cylindre en laiton. Elle repose à côté de mon réveille-matin, sur une étagère de la bibliothèque poussiéreuse, près de mon lit.

Sur la même étagère, deux photos de toi, enfant, les cheveux bouclés, les joues rondes et lisses. Sur l'une, tu te tiens au bord d'un étang, une canne à pêche à la main, l'air surpris. Sur l'autre, tu sors de l'eau, les cheveux longs dégoulinant, les sourcils froncés, la mine un peu contrariée, mais souriant aussi. Ton enfance s'est arrêtée. Ton enfance, qui me semblait infinie, s'est arrêtée.

Tu m'as laissé une cartouche en souvenir comme tu me laissais autrefois un caillou brillant, un curieux bout d'écorce qui représentait un animal ou un masque. Tu m'as donné une cartouche comme autrefois tu me donnais une fragile coquille d'escargot ou une élégante plume d'oiseau.

Pour combien de temps tu repartais, nous ne le savions pas.

Cela fait quelques jours que tu n'es plus là et je me souviens du moment où nous avons refermé la porte derrière toi. De son *clac*.

Suivi d'un blanc.

Nous sommes restés debout dans le couloir, sombrement, face à face. Puis nous nous sommes écartés, ton père et moi, chacun se dirigeant vers une pièce différente, une activité différente.

Je suis retournée au vieux canapé bosselé, j'ai lu et suis tombée sur ce bout de phrase : « *Je parle rarement au téléphone avec qui que ce soit.* » J'avais reconnu, peut-être, une sorte d'âme sœur, j'ai souri et recopié au crayon à papier ces dix mots à la fin du livre, pour les retrouver très vite au besoin. Et j'ai terminé le livre d'une veuve, une écrivaine américaine tentée par le suicide à la mort de son mari. Ils avaient vécu quarante-sept ans ensemble. Les livres traitant de la mort apaisent certaines âmes tourmentées, comme la mienne.

La veille, ton père avait voulu te raser les cheveux, tu avais accepté sa proposition. L'importance de ce geste tendre pour ton père, tu l'avais comprise et acceptée. Mais l'annulation de ton train, ton séjour écourté, ton départ précipité ont eu raison du geste. La déception de ton père. Tu as dû lui expliquer que tu aurais des heures pour ça, à la caserne, l'après-midi. Et le lundi matin, au réveil, il y aurait encore le temps.

Lundi est passé depuis quelques jours maintenant. Pourtant, je n'en ai pas fini avec dimanche. Dimanche ne finit pas.

En nous quittant ce jour-là, tu étais un peu moins excité qu'à l'occasion de tes précédents départs. Déjà la veille, tu étais moins bravache. Et nous ne considérons plus ta chambre comme un sombre terrier, le cul-de-basse-fosse d'autrefois (gouffre noir serait exagéré), mais comme un nid douillet, certes en pagaille, mais tamisé à la perfection, avec ses volets clos, ses rideaux tirés – un sanctuaire. Avec délice, tu te coules dans tes vieilles habitudes, reprenant goût au désordre (ton style, décidément), au jeu en ligne avec tes amis. Nous t'entendons rire, les encourager, crier victoire ou bougonner de frustration. On adore ça. La toile de fond de notre joie, désormais, c'est ton sac à dos militaire appuyé négligemment contre l'armoire, dégorgeant d'affaires. Avec tes vêtements kaki qui jonchent le sol et tant d'autres objets qui encombrent l'espace : la fonte que tu aimes soulever, une paire de chaussures en cuir, des papiers chiffonnés abandonnés entassés, des briques de lait vides aplaties, écrasées ou pliées, des stylos, des écouteurs, une ceinture. Ce capharnaüm est une sorte de pied-de-nez assumé au monde des convenances. Un refuge qui dit « non ».

Prélude au bunker ? Je me souviens de cette période où tu t'intéressais à ces constructions souterraines, tu t'imaginais posséder un jour ton propre abri antiatomique, tu rêvais de vivre dans un trou, profond, loin de la lumière, du bruit et du monde.

Noter cela. Avant que tout ne soit emporté.

Noter ceci encore. Un soir cette semaine, j'ai retrouvé des copines au bistrot et n'ai rien dit de toi. Je continue de garder le silence sur ton engagement, c'est nécessaire au journal, je lui réserve tout.

J'ai pensé : mes copines sont comme des guêpes enfermées dans un bocal qui se cognent contre le verre, en bourdonnant, entêtées.

Je me suis demandé : est-ce que l'écriture me permet de voler en dehors du bocal ? Ou suis-je pareillement piégée ?

Je me dis : ma présence auprès d'elles atteste que la vie, ma vie, continue sans toi et malgré ton engagement.

Je survis à la déflagration, semble-t-il.

Nous, les femmes au fond du bistrot, avons parlé grèves et manifs. Toi, mon fils, tu me l'as rappelé : il est interdit aux militaires en activité d'adhérer à des groupements ou associations à caractère politique, à un syndicat. Tu as récité :

– L'exercice du droit de grève est incompatible avec l'état militaire.

Et encore :

– Les militaires peuvent être appelés à servir en tout temps et en tout lieu.

Parfois, on me demande comment je fais pour exercer mon métier d'assistante sociale en prison. Quand on me pose cette question, je me contente de hausser les épaules. Désormais, je me dis que peu de gens se demandent comment toi et tous les autres engagés vous supportez votre formation initiale, comment vous supportez votre métier, les mois passés en OPEX, votre entraînement si rude, la préparation au combat, le maniement des armes, le bruit des mitraillettes et grenades. Les explosions. Le risque, le danger, la mort. Ni mes copines ni des millions d'autres n'y pensent. Quand on ne connaît pas de militaires, on en sait peu sur leur métier. Quand on n'a pas un fils, un frère, un ami qui s'engage, on ne s'intéresse pas à l'âpreté de votre vie. À ce qui se joue pour ceux qui portent des treillis. Ceux dont le statut, ou l'état militaire, exige en toutes circonstances « esprit de sacrifice, pouvant aller jusqu'au sacrifice suprême ».

Ce serment, il m'a donné la chair de poule quand je t'ai entendu le prononcer d'une voix grave et tranquille – il hante mes nuits, mes cauchemars.

Les militaires du rang peuvent prétendre à la retraite au bout de dix-neuf ans de service. C'est long quand l'employeur est autorisé à exiger jusqu'au sacrifice suprême du salarié.

Je n'ai pas partagé ces pensées avec mes copines.

Tu nous as envoyé un message :

– Les cadres disent que j'ai un bon MOAL.

Ton père t'a demandé le sens de l'acronyme. L'explication est arrivée sur fond vert pâle. Ton père a orienté l'écran de son portable vers moi. J'ai lu des mots comme « fluidité », « souplesse », « vitesse », mais pas « maniement opérationnel de l'armement léger » – cette traduction, je l'ai obtenue en ligne.

Les messages des silhouettes kaki sont certainement des événements pour la plupart des mères et des pères. Certains engagés, pourtant, n'ont pas de famille.

Tu nous as raconté une scène : caporal-chef Gelins encourage un gars qui n'a ni père ni mère. L'orphelin a fait le voyage depuis une île prétendument paradisiaque. Et il n'en peut plus des marches interminables le long des routes métropolitaines, à travers les champs boueux, les forêts détrempées, il ne supporte plus le froid, la neige, la grêle, avec le sac à dos si lourd tirant les épaules, tirant tout le corps vers le sol et la terre, dormir dans la terre, il craque. Gelins l'encourage :

– Tu viens du tréfonds de la société, n'y retourne pas ! Tu ne sais même pas quel âge tu as ! Donne tout ce que tu peux, tu vas y arriver, tu peux réussir, reste avec nous ! N'abandonne pas, l'Armée ne t'abandonnera pas !

Je ne veux pas humaniser l'Armée. Je me reproche d'humaniser les militaires et l'Armée. Pourtant il s'agit exactement de cela. Que l'on se rappelle que chaque vie est inestimable. Qu'il faudrait qu'aucun homme ne sacrifie sa vie sur un champ de bataille. Pour des raisons douteuses qui le dépassent.

Simplement, pièce par pièce, morceau par morceau, je reconstitue le récit ébréché que tu nous rapportes. Je colle, recolle. Arrache à la disparition.

Autre jour, autres messages. Une succession de bulles a défilé à l'écran et, soudain, la sonnerie du téléphone. Et ta voix en mode haut-parleur venant du portable de ton père. Ta voix chaude, heureuse, fervente – elle a rempli son bureau, saturé l'espace.

Tu as raconté, fiévreusement.

Comme à l'école, les engagés ont subi un contrôle inopiné. Ceux qui n'ont pas atteint la moyenne n'ont pas obtenu de quartier libre ce week-end. Toi, tu as décroché une bonne note et ton week-end : tu es libre ! Avec les gars, des copains, vous étiez cinq, vous vous êtes entassés dans une voiture et vous avez pris la route vers une grande ville. Quatre heures de trajet, vous avez presque traversé la France. Tu es allé voir une ancienne copine de la fac qui a déménagé là ; tes quatre nouveaux camarades, eux, sont originaires de cette métropole. Oucharif le balafré conduisait. Tu as eu peur de monter dans sa voiture. La grande cicatrice sur son visage, c'est ce qui lui reste d'un grave accident de la route, il était au volant. En rigolant, tu nous as raconté comment Bouiller t'a charrié : « Tu choisis l'Infanterie, tu te prépares à la guerre, à affronter la mort et t'hésites à voyager avec nous, dans la bagnole d'Oucharif ?! »

Nous aussi, on a rigolé, on a pouffé de rire, mais quand même en se disant que ce n'était pas si drôle. En fond sonore de cet appel, ce vendredi soir, une fête, des voix de filles et de garçons, de la musique. Tu es jeune, tu vis, tu as des copains, des copines, tu es heureux. Et nous le sommes pour toi, avec toi. Bien que notre joie soit craintive et tremblante.

Plus tard, en me redressant du précieux canapé où je suis retournée, j'essaierai de ne pas repenser à ce fait divers tragique, la mort de quatre militaires et d'un adolescent. Des « jeunes recrues encore en formation ». Fatigue, virage, excès de vitesse, vol plané, collision. C'est la mère de l'adolescent, partie à sa recherche, qui a découvert, au fond du ravin, la BMW enroulée autour d'un arbre.

Stop ! J'ai résolument freiné mon esprit, allant lire dans la chambre puisque au salon le chat occupait le centre du canapé cabossé. Je suis allée au lit sans jeter un œil sur la douille de FAMAS, posée sur la bibliothèque. Hum ! Il serait temps de planquer cet objet lugubre, derrière une photo de toi (par exemple).

Et puis ton père a voulu se promener, alors nous sommes sortis dans la nuit humide qui s'était couchée sur notre banlieue. Le long du fleuve, nous avons marché. Nous ne nous sommes pas concertés, cependant nous savions que le pont de la banlieue voisine était notre but. Balade qui nous fait longer, outre la résidence militaire, le siège d'une entreprise d'armement. Je n'invente pas.

Arrivée sur les quais, j'ai pris conscience d'un oubli : avant de sortir, je n'avais pas soufflé la bougie. Je ne l'ai pas dit à ton père, nous avons continué à marcher. La bougie parfumée était posée sur le parquet de notre chambre, de mon côté du lit, un peu trop près de la lampe de chevet, également posée à même le plancher. Je n'étais pas trop inquiète.

Pourtant mon imagination s'est emballée : l'abat-jour prenait feu, les flammes nerveuses se propageaient à la bibliothèque, aux livres, elles grimpaient le long des murs, montaient au plafond, se recourbaient, touchaient le lit qui s'embrasait à son tour, les flammes et la fumée alertaient les voisins, les pompiers étaient appelés. Nous avions presque fini de rembourser l'appartement. Le chat, avait-il échappé au brasier? Ton père m'en voudrait pour toujours mais toi, tu es en vie, sain et sauf, là-bas, loin, avec tes copains.

Nous sommes arrivés au pont, nous avons contemplé le quartier d'affaires au loin. Et demi-tour, nous sommes rentrés. Une promenade de quatre kilomètres. Muette, anxieuse, j'écoutais les souvenirs de ton père affluer. Il disait détester marcher parce que infailliblement, quand il marchait, les souvenirs tristes remontaient. Je l'écoutais, j'écoutais cette nappe de tristesse et je pensais au feu qui ravageait notre appartement. Nous sommes arrivés au dernier carrefour, prenant à gauche, nous avons remonté notre rue silencieuse, et non, aucun incendie ne s'était déclaré au rez-de-chaussée, aucun camion de pompiers ne stationnait devant notre immeuble, ouf !

Nous sommes arrivés à hauteur de ta chambre aux volets clos, de notre cuisine qui donne aussi sur cette rue à sens unique. Notre chat était posté à la fenêtre, il nous regardait. Entre la bouilloire électrique à gauche et le lierre en pot à droite. Du museau, il avait repoussé le rideau derrière sa tête, et surveillait les passants. Sur le trottoir, déconcertés par cette apparition féline, pâle et rousse, nous nous sommes arrêtés. Ton père a toqué à la vitre, le chat, nous reconnaissant, a plissé les yeux. Son beau regard ambré rempli d'amour s'est posé sur nous, il s'est mis à pétrir le plan de travail en bois huilé.

Nous avons fini de remonter la rue, avons contourné l'immeuble, poussé la lourde porte d'entrée en bois. Hall, boîtes aux lettres, porte en verre, ascenseur. Ton père a déverrouillé la porte de l'appartement : le chat nous attendait là, ronronnant, miaulant. Je l'ai ignoré, j'ai filé vers la chambre et soufflé la bougie couleur crème ! La pièce sentait la vanille et la fumée.

Tu nous manques. Ta présence nous manque, nous imaginons les pires scénarios. L'appartement n'est plus le même sans toi. Et le chat ne nous aime pas, nous, en particulier, je l'ai déjà surpris regardant une petite fille qui lui parlait de la rue, à travers la fenêtre. L'infidèle avait bondi sur le radiateur de ta chambre, il la fixait les yeux mi-clos, ronronnant, pétrissant le radiateur tandis qu'elle s'extasiait devant l'enjôleur, tentant d'attirer l'attention de sa mère, laquelle se battait avec des valises qu'elle entassait sur la banquette arrière de sa voiture.

Ton père a attendu dimanche avant de t'envoyer un message. Il voulait savoir si ça allait. Si tu étais de retour au régiment, sain et sauf. Si Oucharif ne vous avait pas tués sur la route. « Oui », as-tu écrit. Fixant l'écran de son portable, ton père a commenté : « Ses réponses sont monosyllabiques. »

Ton père rêve de vacances avec toi, cet été. Ce soir encore, il en parlait. Je ne semblais pas faire partie du voyage ! Dans son esprit, peut-être que je devrais rester à la maison, garder le chat… Je devrais surtout cesser d'acheter des bougies, je me suis dit. En plus, ça ressemble un peu trop à des cierges.

Avant que je ne me couche, ton père a reçu un dernier message de toi. Où l'on apprenait que la caserne possédait un distributeur automatique de

« pizzas fraîches et artisanales » destiné aux gars qui rentraient trop tard pour profiter de l'ordinaire – ce n'est pas tout à fait l'Italie, bien qu'elles soient « croustillantes et savoureuses » (selon le fabricant). Car je suis allée voir sur internet, elles m'intriguaient ces machines, j'avais zappé l'existence de cette innovation cruciale. Je suis larguée, tu me le rabâches depuis longtemps…

Mais l'investigation virtuelle était une manière détournée d'entrer au régiment…

La téléportation est ce superpouvoir qu'enfant tu enviais aux superhéros.

Tu as surgi, vendredi soir, dans le couloir, silhouette noire, en tenue de sport réglementaire. Je t'ai pris entre mes bras, contre moi, mes bras t'ont enlacé, plus rapides que moi. Je me suis pressée contre toi qui es si grand, épanoui et ravi. Tête baissée, tu as tenté de contenir un sourire immense. Tu cachais tes yeux bruns étincelant d'une joie ténébreuse, indéfinissable.

Ce vendredi soir encore, ton contentement nous a infiniment soulagés. Nous étions heureux avec toi. Correction : nous aurions été heureux *s'il n'y avait pas la guerre à l'horizon*. Mais nous ravalions nos soucis car tu as entamé le récit de tes deux dernières semaines au régiment.

Et, au milieu du salon, devant les deux bibliothèques, aussi silencieuses que poussiéreuses, devant les livres qui ne t'intéressent pas ou qui t'ennuient, mimant la marche militaire de bout en bout, tu as chanté :

La mort chevauche à travers le pays
Frappant sans choix les héros, les bannis.
Fuyez ennemis sinon vous mourrez !
Nous autres face à elle n'avons de regrets.

Lala lala la la la la
La mort qui rôde sur nos chemins.

Prends devant toi les lâches et les impurs
Car bientôt ils deviendront ta pâture.
Nous les chargerons sans te craindre ô mort
Car tu es notre amie et nous vaincrons encore.

Lala lala la la la la
La mort qui rôde sur nos chemins.

La mort fauchant, rasant et dévastant
Décime nos rangs, frappant les survivants.
Mais le soir venu nous la chanterons
Sans rancune car c'est un vieux compagnon.

Lala lala la la la la
La mort rôde sur nos chemins.

Un jour enfin tu viendras nous saisir
À tes côtés nous serons fiers de partir
Le dieu des combats nous accueillera.
Alors nous festoierons et ripaillerons en ton honneur.

Ô mort qui rôde sur nos chemins,
Ô mort qui rôde sur nos chemins.

Ta voix forte, grave, profonde, sérieuse, tes sourcils froncés. Les paroles de ce chant militaire que tu avais entonné. Le pas martial que tu imitais dans notre salon. Ton surplace, le rythme régulier, implacable de tes pas. Les silences que tu ménageais entre les couplets, la répétition des refrains angoissants. Nous étions impressionnés. Émus.

Ne pas pleurer.

Enfin tu as extrait ton téléphone de la poche de ton jogging noir et nous as fait écouter ta compagnie chantant ces tristes paroles. Car tu as enregistré la sombre harmonie de votre chant. Tu nous as parlé de vos voix qui résonnaient dans les rues de la ville, celle de votre garnison, tandis que vous marchiez. Des rideaux écartés aux fenêtres, des visages curieux qui apparaissaient, les habitants qui s'attardaient à vous écouter, à vous regarder défiler en chantant.

Que pensaient-ils de vous, de votre chanson, de la mort qui rôdait, ces gens, à leurs fenêtres, je me le demandais.

Je me suis couchée avec cette question, après un torrent, une crue bouillonnante d'histoires.

Le lendemain, je me suis réveillée avec des pensées vaguement coupables. Je les rumine toujours, en rangeant la cuisine, quand tu rentres des « journées portes ouvertes » de ton ancien lycée où ton professeur de mathématiques t'a immédiatement reconnu. Malgré tes cheveux coupés très court et les quatre années écoulées depuis que tu étais en première. Même amaigri. Sans hésitation, il t'a appelé par ton nom, Bennis. Tu en es étonné, et content. Ton copain Ludo t'accompagnait. Lui, le prof de math ne l'a pas reconnu. Tu as raconté en souriant tes rencontres avec les enseignants et la nouvelle proviseure. Ton ancienne prof de chimie a quitté le lycée, as-tu appris. Tes deux anciens profs de sport sont restés. Eux aussi t'ont reconnu en dépit de ton crâne rasé. Tu es tellement soulagé que le lycée et ces dernières années de doute soient derrière toi. Ce samedi matin, y retourner devenait une sorte de revanche.

Peu après, nous prenions le café tous les trois, dans un bistrot du centre-ville. Où tu nous as annoncé que cet été, en août, pendant ton mois de congé, tu irais à la plage, sur la Côte d'Azur, ou en Espagne. Au moins une semaine. Avec l'une des deux filles qui ont rejoint ta section (recomposée au gré des abandons). La fille s'appelle Fleur. Ton embarras au moment de l'annonce. J'en souriais encore intérieurement longtemps après.

Au régiment, une jeune femme soldat se prénomme donc Fleur. Nous avons appris que vous

vous rapprochiez l'un de l'autre, nous assimilons cela, mais ce n'est pas autorisé, vous avez reçu des instructions, il y a un règlement, c'est formellement interdit durant les premiers six mois d'intégration au régiment. Après, c'est moins clair, les couples semblent admis à la caserne. Nous n'avons pas posé trop de questions, nous nous souvenions de ta première amoureuse, on en a conclu que cet amour était bel et bien derrière toi. Je n'ai pas oublié tes sanglots déchirants au moment de la rupture, en septembre dernier.

Sur les photos que tu nous as montrées, Fleur se révélait presque aussi grande que toi. Une jeune femme de ton âge, très belle, peau brune, cheveux noirs, longs, frisés. Lorsqu'elle porte l'uniforme, elle doit les avoir en chignon serré. En civil, détachés, ils forment un halo extraordinaire autour de son visage, me rappelant ton ancienne tignasse. Maquillée, les lèvres roses, adoptant une moue boudeuse, elle est majestueuse. Fleur a l'allure d'un mannequin de haute couture ou d'une chanteuse, une idole de la scène pop. Nul doute que l'Armée saura exploiter sa beauté, on la verra certainement à l'avenir sur des posters de recrutement. Je me suis gardée de révéler le fond de ma pensée, ça aurait cassé l'ambiance.

Fleur court plus vite que toi mais tu nages plus vite qu'elle. Fleur a pratiqué l'athlétisme à haut niveau alors que tu aurais voulu pratiquer l'haltérophilie à haut niveau.

Soudain, tu nous as reparlé de Brière, ton copain des débuts, ton copain en décembre, en janvier, en février – mais plus en mars, je m'en apercevais seulement. Sur un ton rempli de condescendance, tu nous as informés qu'il voulait arrêter l'Armée : « Sa mère lui manque trop. » Ton verdict dédaigneux ne m'a pas échappé.

Jusque récemment, Brière figurait régulièrement dans tes anecdotes. Toujours à tes côtés, il semblait ton complice, un frère, une sorte de double.

Il était devenu de plus en plus plaintif, as-tu insisté. Ses pleurnicheries ne s'accordaient pas à ton intrépidité et ont eu raison de votre amitié balbutiante. Peu à peu, tu t'es éloigné de lui.

Les gars découragés, les gars dégoûtés par l'ambiance ou les méthodes de l'Armée, bien que je ne les aie pas écrits, tu m'as parlé d'eux. Tu les as fait exister, tu m'as dit leur rejet de la dureté de l'institution, de ses exigences. Tu ne les as pas moqués ou dénigrés, tu les as compris. Tu as été fatigué comme eux, affamé comme eux. Comme eux, tu as détesté les réveils à cinq heures, les couchers à vingt-trois heures, les punitions vicieuses, les coups reçus, les railleries, les remarques perfides ou simplement démoralisantes, les efforts à fournir sans relâche. Les blessures : plaies, entorses, luxations, fractures.

Les punitions individuelles ou collectives injustes, absurdes, sadiques, tu les as évoquées

– sans aigreur, sans colère, sans ressentiment. Moi, la connerie, la mesquinerie, la méchanceté, le vice, je n'ai pas réussi à les écrire – trop affligeant. Toi, tu as vu au-delà de l'imbécillité ou de la méchanceté, tu as placé le curseur ailleurs. Tu as embrassé les épreuves. L'aguerrissement, tu l'as désiré. Tu veux te conquérir.

J'aurais voulu retrancher la description de la bêtise. Les aberrations. La cruauté. Mais tu n'es pas d'accord avec moi, tu dis que je devrais les inclure. Les abus de certains cadres, tu les as observés, froidement. Alors tu maintiens que je devrais faire comprendre l'exaspération qui décourage et pousse à la désertion ou à la bagarre. Faire comprendre les passages à l'acte, les accidents. Faire exister les blessures graves qui entraînent des accidents de travail (très longs dans certains cas). Tu insistes, dire ça est une question de vérité. Tu me redonnes un exemple, il t'a marqué : vous avez été punis collectivement (vous avez tous « ramassé ») au motif que l'un des gars a enfilé une chaussette de la mauvaise couleur. Une raison stupide, parmi d'autres, de subir la « schlague ». Elle est ainsi justifiée par les cadres : sur le champ de bataille, un détail minime peut causer la perte d'un homme ou d'un bataillon.

Tu m'as montré une vidéo illustrant ton propos. On y découvre trois soldats américains qui, avec des gestes lents et maussades, balaient le parking d'un régiment. Ils s'ennuient mortellement, ça crève les yeux. Un de leurs camarades les a filmés depuis la fenêtre du deuxième ou troisième étage. Tu m'as montré une deuxième vidéo de soldats américains assis par terre, obligés de démonter et remonter leur arme, de recommencer le nettoyage de chaque pièce déjà nettoyée – en boucle. Là encore, un gars a filmé l'ennui mais aussi la bonne humeur, le rire du gars assis à côté de lui. Dans les deux cas, l'auteur de la vidéo, je ne sais pas si c'est le même, commente l'inanité des tâches inlassablement répétées, les gestes rendus imbéciles. À ce stade, je me dis que ce que j'écris de tes expériences ne pourra jamais refléter, de près ou de loin, ton vécu, ton ressenti, tes analyses.

Je cherche des explications rationnelles aux punitions insensées, m'efforce de les concevoir comme une étape indispensable. Me persuade que c'est une affaire de responsabilité et de survie collective : l'Armée forme des esprits et des corps qui ne craqueront pas au milieu des tirs ennemis – des soldats qui supporteront l'insupportable. Qui ne contesteront pas les ordres. Qui ne fuiront pas le danger. Qui feront front ensemble, soudés. Tu m'as opposé que certains cadres détournent cette nécessité : elle devient un prétexte à martyriser les jeunes recrues. Ton père réfute ton analyse quand nous en discutons ensemble.

Tu m'as montré une troisième vidéo. Un ancien combattant (encore un Américain) est interviewé.

Des micros ultra sophistiqués sont positionnés autour des visages du « vétéran » et du journaliste. Celui du vétéran a été déchiqueté par une ou plusieurs balles. L'homme au nez, à la joue, à l'orbite déformés raconte les tirs. Qui ont atteint son torse, traversé son bras, frappé son casque. Qui ont explosé la partie droite de son visage, brisant os et cartilage. Ses camarades qui le croyaient mort l'ont tout de même tiré de là, ils l'ont ramené à l'hôpital de campagne. Il a été sauvé, sa face rafistolée. Le soldat doit pouvoir endurer ce qui est presque impossible à endurer. Le témoignage, la gratitude de ce soldat défiguré m'a bouleversée. Le miracle de sa survie, il le devait aux réflexes, à la solidarité des gars qui ont risqué leur peau pour la sienne. Le visage de cet homme, son récit accusent. Il exprime toute l'horreur de la guerre.

L'espèce humaine est si désespérante de violence et de cruauté qu'il y a de quoi vouloir se foutre en l'air. Je comprends que certains trouvent désirable de se pendre, de se tirer une balle dans la tête, de finir au fond d'un canal, incorporé à la vase.

Je préfère retenir le meilleur de tes expériences. Car tu as éclos de ta chambre et tu as fait des rencontres importantes – ou auxquelles tu prêtes de l'importance. Tu as cherché et tu as rencontré des hommes de valeur. Tu es comblé, on va se réjouir de ça.

Un homme sort du lot, le caporal-chef Rollins. L'ange Rollins. Le seul à ne pas se moquer, à ne pas brutaliser. Lui se retient. Il est le seul qui, sans faillir, encourage, conseille, soutient. Tu nous as présenté l'ange à la première cérémonie.

Vous, les gars qui continuerez après les six premiers mois de formation initiale, votre période d'essai en somme, vous avez commencé à penser, à organiser l'après, quand vous ne serez plus obligatoirement logés en régiment. Car pour le moment vous partagez à plusieurs de grandes chambres. Et tu nous as montré ce samedi matin une vidéo où l'on découvre un dortoir, avec les gars s'affairant autour de leur lit. Celui qui se destine à être aumônier interpelle les autres, il relève son short, exhibant ses cuisses, demandant à être rassuré : « Elles sont musclées, mes cuisses ? »

Toi, tu envisages, avec deux autres gars, une colocation en ville.

Dimanche, Fleur t'a envoyé une vidéo. Tu nous l'as montrée au bistrot. D'elle, nous ne distinguions que les genoux. Elle filmait Oucharif qui conduisait beaucoup trop vite, ou plutôt, elle filmait ses mains sur le volant puisqu'elle a orienté la caméra de son téléphone vers le tableau de bord, les cadrans, les jauges et autres voyants lumineux. Elle a zoomé, l'aiguille atteignait le chiffre de 220 km/h. Ton père et moi frémissions en silence mais tu nous as rassurés, elle t'a promis qu'elle ne monterait plus dans le bolide du balafré. Nous étions tous les trois attablés au bistrot Chez Maryse lorsque tu as partagé ces images avec nous, et ces images détonnaient dans le décor inchangé de cette salle que nous fréquentons depuis vingt ans, depuis notre installation dans cette ville.

Chez Maryse, la vie se déroule en marron. Tout se décline dans cette couleur : les murs, le carrelage, le plafond, les banquettes, les tables, les chaises, le bar. Le cadre est laid et désuet ; l'ambiance sympathique et reposante. La vie en marron s'écoule lentement.

N'étais-tu pas horrifié de la vitesse à laquelle conduisait le balafré ? N'étais-tu pas inquiet pour Fleur ? À moins que tu n'aies délibérément cherché à nous effrayer ? Et ça fonctionne, voilà que je repense à ce fait divers, l'accident dans lequel ont péri de jeunes soldats en permission, les images m'assaillent, j'entends le choc de la voiture qui percute l'arbre, les sirènes, l'annonce aux parents, aux camarades, au régiment, des hurlements de mères, de sœurs, le poing d'un père qui frappe une table. Familles fissurées, jours écroulés, semaines confondues, peines, douleurs, tristesses entremêlées. Je vois une mère, restée debout, sur le bord d'une route, regardant en contrebas, figée dans le paysage et le temps…

Tu étais parti depuis combien de jours (deux ? si peu ?) quand j'ai croisé notre voisin l'écologiste. Il avait participé au rassemblement contre les mégabassines à Sainte-Soline. Devant l'escalier de notre immeuble, il m'a décrit les forces de l'ordre, leur nombre, leurs tenues de protection, leurs armes, l'emploi de ces armes. Gaz lacrymogènes, lanceurs de balles de défense, grenades de désencerclement. Une scène de guerre, selon lui. Il a vu des yeux tuméfiés, des jambes lacérées, des têtes sanguinolentes. Il a juré que si les forces de l'ordre n'étaient pas intervenues il n'y aurait pas eu toutes ces blessures, toutes ces cicatrices qui marqueront les corps et les esprits à vie. Combien de pelles aurait-il fallu et combien de personnes pour remplir de terre l'énorme trou ? La fosse était impossible à combler alors pourquoi la défendre aussi violemment ?! Notre voisin était encore énervé et choqué plusieurs semaines après.

Il s'est emporté : « Et puis quoi, il y a eu trois camions de CRS qui ont pris feu ? Mais il y a eu des centaines de blessés ! Et les CRS, c'est quoi, leurs blessures ? Des yeux et des gorges irrités par les lacrymos que le vent rabattait sur eux ?! Parce qu'ils suivaient aveuglément les ordres ?! Là, les gens étaient venus entre amis ou en famille, avec leurs enfants ! »

Oh là là, voilà que je pensais aux ordres que tu recevras, mon fils, ordres auxquels tu obéiras. Oh là là. Oppressée, je respirais mal. Je pensais à la violence que tu devras exercer, à la cruauté en toi que tu ne devras pas étouffer. À la froideur que tu devras conserver face à un visage. Ennemi. Innocent peut-être, traître peut-être. Traître et innocent tout à la fois. La détente sur laquelle ton doigt appuiera. Le corps qui tombera. La nausée m'a gagnée. J'ai voulu échapper au voisin. Je ne l'ai plus écouté, je l'ai planté là, au milieu du hall, devant les boîtes aux lettres, je me suis échappée, je me suis précipitée dehors. À l'air libre.

Mais regagner la rue ne changeait rien à la voie que tu avais prise.

Comment se sont-ils sentis, après Sainte-Soline, les gendarmes sur place, les CRS qui obéissaient aux ordres ? Comment ont-ils perçu les critiques qui leur ont été adressées ? Peuvent-ils considérer leurs actions avec la même désapprobation que l'écologiste ? Il existe forcément des gendarmes écolos ! Culpabilité, regret ou honte les agiteront (eux et tous les autres gendarmes intranquilles). Pendant combien d'heures, de jours, de mois, d'années ?

Mais les gendarmes écolos et sensibles pullulent, je n'en doute pas.

Ces réflexions aussi parce que tu as envisagé ou envisages encore d'exercer la profession de gendarme.

Un matin (un mardi ? Avant ma rencontre avec le voisin ?) tu as envoyé un message à ton père. Presque déçu, ton père m'apprenait la nouvelle le soir, à mon retour du travail : « Brière a déserté ! »

Nous étions désolés, comme si nous le connaissions. Car ce message annonçait (ou confirmait) la perte d'un complice, celui des débuts de ton aventure. Brière, nous l'avions croisé lors de la cérémonie, en décembre, sa mère était présente, nous nous étions salués, nous nous étions souri, ça s'était arrêté là. Mais ce garçon avait compté pour toi.

Si un engagé déserte, il peut être convoqué au commissariat ou au tribunal. La désertion pour un militaire sous contrat constitue une faute disciplinaire et une infraction pénale. Elle peut être sanctionnée par trois à dix ans d'emprisonnement. Les sanctions s'aggravent selon que l'on est en temps de paix ou de guerre, que l'on s'est enfui avec ou sans matériel militaire (arme, véhicule, etc.). Tu nous l'avais expliqué avant même la signature du contrat et tu ne t'es pas privé de le répéter. Alors pour Brière et les autres déserteurs, ton père et moi, nous nous demandons quelles seront les conséquences.

Quand tu avais malicieusement détaillé ces points de droit, grave et décontracté, assis en tailleur sur le parquet devant tes parents avachis dans le canapé avachi, tu guettais nos regards. Tu t'étais amusé de notre frayeur, plus ou moins feinte. Et nous nous étions un peu amusés de ton sérieux, de ta gravité mal dissimulée.

Quelques jours plus tard, ton père m'a soudain demandé si j'avais de l'argent, des billets. J'ai relevé le nez de mon livre et, mollement intriguée, j'ai répondu oui, dans mon sac à main, à l'intérieur de la pochette en tissu jaune, avec les fleurs et les flamants roses. Il s'est expliqué : « C'est pour le taxi ! » Traduire : tu rentrais ! Si tu ne nous as prévenus qu'au dernier moment de ton retour avec l'espoir de nous surprendre, sache-le, ç'avait marché !

Tu es donc rentré, heureux, toujours aussi heureux. Au milieu de notre couloir, radieux, tu t'es exclamé :

– C'était une semaine formidable !

Brière, tu l'avais oublié ?! Sans rien en dire, je t'ai pris dans mes bras ; cette semaine encore, je t'ai enlacé. Tu m'as tapoté le dos mais je te sentais impatient, tu brûlais du besoin de t'installer et de raconter – alors j'ai reculé. Tu t'es débarrassé de ton grand sac à dos militaire qui encombrait maintenant le couloir et tu t'es calé dans le fauteuil gris près de la bibliothèque. Ton père et moi étions en face de toi, prêts à t'écouter, côte à côte sur le canapé bousillé, ce cher décombre. Tu as répété :

– C'était formidable !

Avant d'engloutir le repas indien (commandé par ton père au moment de ton appel et livré juste avant l'arrivée du taxi), tu avais hâte de nous servir ton histoire. Tu affichais un sourire irrépressible. Il m'interrogeait, ce sourire. Étais-tu si malheureux avant ?! Ce visage heureux aimantait nos regards : il s'animait, ta bouche souriait, tes sourcils s'arquaient chacun leur tour, tes yeux vifs pétillaient, ton front se barrait de trois plis, se dépliait, se plissait encore. Et ton grain de beauté sous ton œil gauche ! Tu es si beau, la jeunesse est si belle. Tu as secoué la tête de droite à gauche et déclaré :

– C'était dur !

Mais c'était dit avec tellement de satisfaction, tellement de plaisir ! Tu en débordais ! Tu t'es levé, tu t'es redressé. Rejetant tes épaules musclées en arrière, tu as bombé le torse, plié et replié tes jambes. Nous regardant avec un air de défi. Je devinais que tu te préparais à un dévoilement. Et en effet, voilà que tu as remonté les manches de ton sweat et que tu as baissé ton jogging. Exposant de larges hématomes sur tes cuisses et tes bras. Traces foncées de tous les coups reçus. Taches violettes encore pour certaines, mais ça verdirait et tu en étais tout content ! Et tu n'étais pas le seul ! Consternation des parents. Tu t'es rassis et tu as ri en consultant ton téléphone : Fleur t'a envoyé une vidéo de ses jambes, elle aussi exhibait ses bleus ! Vous avez tous pris des coups, vos caporaux-chefs se sont lâchés, vous avez été frappés, battus, vous les avez déçus, vous n'avez pas été à la hauteur mais vous avez encaissé, tenu – et tu souriais ! Ton sourire de défi nous contraignait à un silence dubitatif assez inconfortable. Tu as insisté, catégorique : tu avais passé une semaine formidable ! Devant ton plaisir, on ne pouvait que s'incliner. Se taire. On s'est forcés à ne pas commenter.

Quand tu nous as parlé d'elle, tu ne disais pas Fleur, tu l'appelais Mboa puisque vous vous appelez tous par votre patronyme. C'est moi qui l'appelle Fleur, je me raccroche à cette rose. À cet espoir de douceur, là-bas, pour toi.

Tu as entamé le récit condensé de ta semaine. Tu as résumé : on vous a délivré un cours sur les effets de l'explosion d'une bombe nucléaire. Tu as récité les chiffres-clefs, décrivant le cours du caporal-chef Balbo. Tu as quitté le fauteuil gris, tu es venu t'asseoir contre moi sur le sofa pourri. Tu m'as poussée pour te faire une place et tu as commencé par me montrer une vidéo, l'extrait d'un film d'animation japonais qui illustre le souffle destructeur d'une bombe nucléaire. Une explosion de couleurs violentes, corps et bâtiments tordus, disloqués, réduits à néant. Ensuite ont défilé des vidéos en noir et blanc, toujours des explosions nucléaires, des archives, cette fois. Vidéo après vidéo, le souffle de la destruction, l'anéantissement total. Des nuages de poussière épais et puis plus rien, le vide. Face à ce déchaînement de violence que tu partageais posément, je t'ai demandé : « Ça ne te rend pas malade ? ça ne te donne pas la nausée ? » Tu t'es bidonné, et tu as dit non. Tu riais de ma peur.

Ensuite tu as raconté le PO, le parcours d'obstacles (ou parcours du combattant), les murs à franchir, la fosse, l'échelle de corde, les poutres jumelées, les tranchés, les plots, celui que tu as renversé, l'épreuve à recommencer. Vous avez escaladé, rampé, couru, grimpé, enjambé, sauté. Vous avez enduré, vous vous êtes dépassés. Un chrono éliminatoire sanctionnait l'obtention du « brevet ». Ce parcours sportif, cet entraînement militaire, ton bon chrono, la compétition t'ont mis en joie.

Il fallait savoir doser son effort, foncer, se dépasser tout en restant prudent, il fallait éviter de se blesser aussi. Deux gars se sont déboîté l'épaule, tu ne savais pas s'ils continueraient, tu ne t'es pas attardé sur leur sort.

Et Brière ? Celui qui était ton copain, que nous avons rencontré, dont nous avons salué la mère ? Ton père est revenu sur le sujet, demandant des nouvelles du jeune déserteur, il n'avait que dix-huit ans, il venait juste d'obtenir son bac.

– Il est revenu un soir, il m'a passé sa musette par-dessus le mur de la caserne, il a rendu son matériel la nuit, il ne voulait voir personne…

Affaire close. Brière a compté, il ne comptait plus. Pourtant les jours suivants, tu nous l'as rapporté, les cadres sont venus s'enquérir de ton moral :

– Mais j'allais bien. Quand Gelins nous a annoncé sa désertion, il a dit : « Brière avait des projets, pourtant… Il avait… des projets de couple… avec Bennis… »

C'est tout ?! Tu nous laissais avec l'ironie de Gelins ? Mon fils avait archivé Brière ?! Je m'interrogeais et j'ai interrogé ton détachement. Tu as persisté, avec une froideur feinte ou exagérée (je l'espérais) :

– Bah ! On dit qu'il est mort pour la France !

Cette expression, vous l'employez au propre comme au figuré, ça m'a désarçonnée. Mais ce n'était pas de la froideur, tu le concéderais le lendemain, caporal-chef Rollins avait bien repéré que le départ de Brière t'avait affecté, même si tu l'avais nié au début. Rollins sentait que Brière ne tiendrait pas le coup, il t'avait prévenu, il t'avait préparé à son abandon. La prévenance discrète de Rollins m'a touchée.

Le parcours du combattant, ses obstacles, tu les as mimés au salon. Sur deux mètres carrés, tu n'as pas eu besoin de plus d'espace – une performance. Devant les deux grandes bibliothèques impassibles, entre le fauteuil gris et le canapé ratatiné où ton père et moi étions installés, tu as rampé, grimpé, sauté, couru, tu t'es hissé en haut d'un mur, tu as escaladé une échelle de corde, tu as franchi une poutre sans basculer d'un côté ou de l'autre, tu n'as pas perdu ton équilibre, tu es resté debout. Tu t'es sorti d'une fosse, et puis à plusieurs, vous avez sorti un camarade blessé du trou, vous l'avez allongé sur un brancard, hors de la fosse – et j'ai pensé à une bassine, une mégabassine. Tu étais euphorique – tu rayonnais, je ne trouve pas d'autre mot –, tu étais comme un pirate avec son trésor. Nous étions médusés. Le visage de ton père était gris. Moi, dans ma tête, j'écrivais.

Ensuite, sur le parquet du salon, tu as démonté une mitraillette, la 12,7. Tu as énuméré les pièces, tu as dû apprendre à monter et démonter l'arme. Sur le parquet huilé, tu as indiqué ses éléments constitutifs : canon, glissière, châssis amortisseur, culasse manchon, culasse mobile, ressort récupérateur, bloc arrière, bras et lame de verrouillage, verrou de culasse, axe de verrou de culasse, rainures guide des abaisseurs, accélérateur, rondelle baïonnette, tige de piston, corps d'amortisseur, crans de réglage de la cadence du tir.

Impossible d'être exhaustive, je ne peux pas suivre ton rythme, retenir ce que tu avais appris du montage et du démontage de cette arme, les règles de sécurité. La langue des armes. C'était vendredi soir, le cours. Samedi, tu l'as répété aux copains avec lesquels tu jouais. Pour eux (et pas nous), tu imitais le bruit des pièces qui s'emboîtaient, je t'entendais depuis le salon, mon ordinateur portable reposant sur l'accoudoir en bois du fauteuil gris sur lequel tu étais assis hier. Tu racontais et j'écoutais, tu parlais fort, tu n'avais pas fermé la porte de ta chambre, ta voix arrivait tonitruante jusqu'à moi. La composition du lot d'accessoires et de rechanges de la 12,7 voyageait jusqu'à moi : 2 brosses de nettoyage, 1 baguette de nettoyage (5 pièces), 1 étui de baguette, 1 conduit de maillons, 1 pochette avec accessoires et rechanges, 1 coffre métallique, 1 tire-douille, 1 contrôle de feuillure, 1 chasse-goupille, 1 tournevis, 1 burette à huile, 1 étui de canon, 1 gaine pour mitrailleuse, 1 guide technique. Tu as toussé, tu étais arrivé, essoufflé, au bout de l'énumération. Plusieurs fois, la veille, je t'avais demandé de répéter le nom des accessoires. Et j'ai cherché, lu et encore relu cette liste, en ligne, comme hypnotisée, presque fascinée : la létalité s'entretient avec minutie.

Puis tu as détaillé à tes copains les performances de la 12,7. Sa portée de tir maximum est de 7 000 mètres, sa portée pratique à terre est de 1 200 mètres, sa portée de tir antiaérien est de 900 mètres. La balle perforante perce 20 mm d'acier à 400 mètres et 12 mm à 1 000 mètres. Tu as soupiré : dans le jeu, tu as été tué. C'était à peine un intermède, tu as poursuivi : la cadence de tir de 150 coups-minute ne devait pas être dépassée de façon à laisser au canon le temps de refroidir. Tes connaissances se sont élargies, ta mémoire m'impressionne. Je me suis souvenue de ton admiration pour ton cadre préféré :

– C'est caporal-chef Rollins qui nous a fait cours sur la 12,7. Il connaît cette arme mieux que les armuriers du régiment. Quand ils ont un problème avec cette mitrailleuse et qu'ils ne savent pas le résoudre, ils appellent Rollins.

L'ange savait résoudre le problème – chaque fois.

Plus tôt, je t'avais raconté ma rencontre avec le voisin écologiste et demandé si tu avais entendu parler de ce qui s'était passé à Sainte-Soline. Tu as répondu :

– Tu sais, on est dans une bulle là-bas, on n'a pas le temps d'être beaucoup sur nos portables. Je n'avais même pas réalisé l'ampleur des manifestations contre la réforme des retraites. Je l'ai découverte à la télé, l'autre jour, à l'ordinaire.

L'ordinaire (ou la nourriture servie aux militaires) est le mot pour dire la cantine ou le self, à la caserne. Tu as interrompu le jeu et j'ai profité de ton passage au salon pour te demander quelques précisions concernant telle ou telle pièce de cette mitraillette. Tu m'as interrogée :

– Mais pourquoi tu veux savoir ça ? Ce n'est pas intéressant ! Et puis il ne faut pas l'écrire !

Pourquoi ne faudrait-il pas l'écrire ? Je tente juste d'apprivoiser mon angoisse et un peu de ton quotidien. Et le guide technique de la 12,7 se trouvait en ligne, il avait suffi de quelques clics pour le dénicher. Je te l'ai expliqué : tu as haussé les épaules et tu es retourné dans ta chambre. Mon fils, ce futur guerrier, est retourné devant son ordinateur où il a repris ses échanges avec ses copains, sifflotant de temps à autre pendant que le chat dormait, roulé en boule sur le canapé dézingué duquel il m'avait éjectée.

Je me suis levée et je suis allée me préparer un thé à la cuisine, tout en rangeant un peu. Et j'ai entendu mon fils dire qu'en août des Ukrainiens viendront dans son régiment, ils seront formés au maniement des armes, au matériel fourni par la France à l'Ukraine. Tu voudrais les rencontrer, ces militaires ukrainiens, absorber toutes les informations qui circuleront. Caporal-chef Rollins sera l'un des formateurs. Tu rêverais d'être invité à traduire, peut-être, si les cours se font en anglais, mais tu n'y crois pas vraiment, tu n'as aucune réelle expérience de terrain, c'est trop tôt pour être impliqué dans la formation au maniement d'armes que tu n'as jamais utilisées toi-même au combat. Tes yeux brillaient quand tu nous as fait part de ce rêve hier soir. Tu l'as répété à tes copains, en jouant.

Revenue au salon, sur le bout du canapé vétuste que me laissait le chat, je me suis accordé une pause lecture. J'ai lu les réflexions d'un personnage de roman. Cet Albanais était tiraillé par toutes sortes de pensées amères. J'ai lu : « *Et puisque la guerre existait, il fallait aimer la guerre.* » Simultanément, depuis ta chambre, tu criais « Contact ! contact ! » et tu organisais la stratégie d'attaque de tes copains. Sentiment d'étrangeté : la littérature, le jeu en ligne, ton métier, ça s'entremêlait et s'entrechoquait jusqu'au vertige.

Mais soudain, *frou frou frou*, non, ce n'était pas le vent mais le fracas des armes : tu déboulais au salon avec un souvenir, le bras droit tendu comme s'il était une mitraillette, ton index gauche replié sur la détente, prêt à tirer. Tu as posé ton pistolet-mitrailleur et t'es assis sur le fauteuil gris, me décrivant la vidéo que Rollins t'avait montrée quelques semaines plus tôt. Celle où il filmait le décollage d'un hélicoptère, lui à l'arrière avec les gars qui fumaient ou qui pianotaient sur leur téléphone. Où l'on voyait les arbres, leurs branches, leurs feuilles onduler sous l'appareil, le sol s'éloignant lentement puis plus vite. *Frou-frou-frou*, ce n'était plus le fracas des armes mais le vrombissement des pales qui fouettaient l'air chaud du Mali, et l'hélicoptère était comme au pied de notre canapé amoché, *frou-frou-frou*, comme si nous étions, toi et moi, avec Rollins et les autres, à l'arrière de l'appareil survolant la terre sèche, les arbres.

Et tu es reparti dans ta chambre, et j'ai replongé dans le roman.

Mais soudain, revoilà un soldat dans mon salon, il patrouillait la pièce, arme à la main, se déplaçant prudemment, rasant les murs. À la fenêtre, il a effectué un passage flash puis un passage photo. Tu m'as expliqué la différence entre les deux techniques de déplacement. Revenant sur tes pas, le soldat m'a dit :

– Tu te rends compte, ce qui me paraissait extraordinaire il y a quelques semaines, comme tenir une HK ou ranger un Glock dans l'étui à ma ceinture, c'est devenu naturel !

Tu as continué :

– Ça ne me paraît plus si étrange ou fou de tenir une arme, de viser, de tirer, de la recharger… À quoi je vais encore m'habituer ?

Tu m'as posé la question, interloqué, les pommettes rouges, les yeux brillants. Nous nous regardions, saisis tous les deux ; notre silence était celui d'âmes sidérées.

Dimanche matin, j'ai lambiné au lit – fatiguée, crevée comme un pneu. Quand j'ai débarqué en pyjama au salon, ton père m'informait que la mère de Brière t'avait envoyé un message. Elle voulait comprendre pourquoi son fils avait déserté. Ton père semblait content que cette mère se soit adressée à toi et que tu lui aies répondu. Je n'en saurais pas beaucoup plus, tu as pudiquement commenté : « Je les ai aidés. »

Une fois prête (après que j'ai lentement accompli une série de rituels), nous sommes sortis au bistrot des Angles, un bistrot parmi les trois principaux que nous fréquentons dans le centre-ville de notre banlieue. Le serveur des Angles connaissait d'avance notre commande. Quand il a posé le café crème devant ton père, il a déclaré, souriant et solennel : « Et ça, c'est pour le papa ! » Le fils a été appelé « le jeune homme » lorsqu'il a été servi. La mère, elle, n'avait pas été nommée, elle n'existait pas. Je l'ai remarqué, n'ai rien dit, à quoi bon.

Peu après le déjeuner, tu es parti, tu as pris le train de 14h40. Vers vingt heures, ton père me transmettait ton message : tu étais arrivé à bon port. Quelques minutes plus tard, debout à la porte du salon, il m'apostrophait : « Je n'arrive pas à croire qu'il ait rejoint l'Armée. » Tirant sur le lobe de son oreille, fixant le mur blanc derrière moi, ton père ajoutait : « Et il aime ça, il adore ce qu'il fait ! » La perplexité de ton père, je la partageais.

Nous avons reconnu tous les deux nous sentir à la fois soulagés et horrifiés par ton excitation à l'approche de cette nouvelle semaine au régiment :

– On va apprendre le combat en zone urbaine !

Au café ce matin, effarés, nous t'avions entendu expliquer l'importance des cours à venir, résumant l'introduction déjà développée par tes cadres. Cette introduction, je l'ai retrouvée dans un document officiel en ligne. Les trois premiers paragraphes du préambule pointaient l'urbanisation croissante du monde et la multiplication des très grandes agglomérations, rendant les interventions militaires en zone urbaine plus probables, fréquentes et complexes. « *En 1950, le monde comptait 83 agglomérations de plus d'un million d'habitants. Aujourd'hui, elles sont près de 300 et les prévisions pour l'année 2016 les estiment à plus de 500. En 2025, plus de 85 % de la population résidera dans des grandes villes, et notamment dans les zones instables de la planète. Lieux de concentration des populations, de regroupement des services et des administrations, points de convergence des réseaux, zones de circulation, lieux de tous les pouvoirs, endroits privilégiés d'expression, les villes seront toujours des objectifs opérationnels. Enjeu majeur pour les parties en présence, elles constituent généralement des points décisifs, voire les centres de gravité des opérations modernes dans lesquelles sont engagées les forces terrestres.* »

Jamais je n'aurais cru un jour lire (ni même survoler) des documents militaires tels que ce « Manuel d'emploi des forces terrestres en zone urbaine » daté de 2005, provenant du ministère des Armées, où apparaissent un coup de tampon rouge, une signature à l'encre bleue et les mots « NON PROTÉGÉ » en lettres capitales rouges. Jamais je n'aurais cru un jour lire (ou survoler) certains chapitres d'une thèse d'anthropologie se rapportant à un aspect du métier de soldat (la fonction des chants militaires). Jamais je n'aurais imaginé un jour consulter le schéma légendé d'une mitrailleuse : la 12,7 ou Browning M2. Jamais je n'aurais imaginé un jour tenir entre mes mains les restes d'un « sachet petit déjeuner simple de militaire » auquel il ne manquait que la madeleine – puisque son contenu était détaillé sur une étiquette avec sa date de péremption, son numéro de lot. Jamais je n'aurais imaginé un jour poser sur le buffet une photo de toi en treillis au milieu de ta section. Jamais je n'aurais imaginé cesser de poser une bougie parfumée sur le buffet parce qu'elle m'évoquait désormais, ça se confirmait, un cierge.

Stupeur en banlieue, dans un appartement en rez-de-chaussée sur cour où un jeune homme, mon fils, a proclamé :

– Je n'ai pas peur de la mort, j'ai bien vécu, j'ai beaucoup voyagé et j'ai très bien mangé. J'ai même été invité dans un restaurant trois étoiles ! J'ai dîné chez Guy Savoy !

Ahuris, hébétés : nous, les parents, assis côte à côte, sur notre canapé pouilleux. Nous qui n'avions jamais *dîné* dans un restaurant étoilé, ni en couple ni en famille. Frappée de stupeur, je l'étais toujours, des jours plus tard, quand j'ai retranscrit l'échange. Car la suite était du même acabit, et la digérer m'a demandé du temps :

– J'ai vécu un quart de ma vie et elle a déjà été formidable, alors pourquoi craindre la mort ?

Quelques jours plus tôt, j'avais vécu un épisode désagréable.

J'ai croisé une Connaissance, elle s'est montrée insistante avec moi : comme on ne s'était pas vues depuis longtemps, il *fallait* rattraper le temps, nous devions *parler.* Elle avait des choses à dire, les avait dites, maintenant elle me *sommait* de parler, c'était mon tour. Parler, je ne voulais pas, je me *réservais.* Je livrais ça, et c'était trop, la Connaissance s'est emballée, elle fouinait, fouillait. Bien que psychologue, et oubliant sa délicatesse habituelle, elle *exigeait* des éclaircissements. Difficile d'ignorer ses yeux implorants et son visage si doux, si amical. Mais je tenais bon. Face au silence têtu ou au mystère que je lui opposais te concernant, la Connaissance m'interrogeait encore : « Il est entré dans les ordres ? » Trop drôle ! Comme sa repartie m'a amusée ! D'évidence, tu étais soumis à des ordres. Lesquels me rappelaient le désordre de ta chambre, chaos sombre que j'ai décrit à la Connaissance. Je me suis étendue sur le sujet, l'amplifiant, l'aggravant, parvenant à susciter le dégoût et l'effroi de la thérapeute, si curieuse. Qui a battu en retraite, drapée dans son élégant imperméable vert dont elle a resserré prestement la ceinture – ah ! reculant, elle a secoué ses belles boucles brunes, ses cheveux longs, épais, aux reflets chatoyants et j'ai pensé aux tiens, tondus. *Gone !*

Et *rectification* : notre canapé (mon bureau à moi) n'a pas atteint le stade du *pouilleux*.

À distance de ton récit, je repense à ton initiation au combat en zone urbaine. Ce stage de quelques jours que tu as décrété avoir adoré (adoré !) lors de ta dernière perm'. Quatre jours lors desquels vous avez simulé le combat dans un décor qui t'a impressionné : la reproduction (à échelle réelle !) de quelques rues, un carrefour, des immeubles à plusieurs étages. Par groupes de trois, vous vous êtes entraînés à pénétrer dans des logements, à ouvrir des portes de bureaux, à progresser de pièce en pièce en vous protégeant mutuellement. Lors de l'assaut, tu as dit combien il était rassurant de sentir son camarade dans son dos avant de s'engager dans un espace où l'on découvrait tout à coup trois cibles à abattre. Lors de l'offensive, vous communiquiez par le toucher, une main se posait en silence sur une épaule, la pressait sans un mot – l'ennemi ne devant pas déceler votre présence.

Vos gestes ont été répliqués devant nous, au salon. Comment tu tenais ton arme, comment tu visais, comment tu te déplaçais, debout, ou les genoux pliés ou encore au ras du sol. Notre infortuné canapé a servi de rempart. Tu nous as fait la démonstration : comment utiliser cette relique pour te protéger d'un djihadiste. Nous avons appris que notre salon était une pièce très compliquée à sécuriser à cause de ses trois portes et de sa fenêtre. Quatre ouvertures à surveiller et défendre, c'était beaucoup pour un seul homme.

L'Armée n'envoie ses soldats contre l'ennemi que si le rapport de force est d'un à trois. Si le renseignement estime que dans un sous-sol se cachent dix djihadistes, vous irez les abattre à trente, pas moins.

En classe, le chef Mansouri a projeté des vidéos, il a décortiqué pour vous la bataille de Marawi aux Philippines. Ces images t'ont marqué. Le chaos, les rues défoncées, les bâtiments effondrés. Ruines, éboulis, gravats : des obstacles partout. La complexité du combat dans un tel environnement t'était apparue dans toute sa crudité. Les ruelles, les passages étaient resserrés, sombres, encombrés, dangereux. Les fils électriques pendouillaient des murs et les toits menaçaient de s'écrouler. Rues et trottoirs devenaient presque impraticables. C'en était terrifiant, as-tu observé, car on ne savait plus comment s'orienter, tant la destruction brouillait les repères : on était piégé par la zone dévastée.

J'étais rassurée : enfin quelque chose t'avait inquiété, enfin tu étais ébranlé. Tu avais enchaîné :

– On nous prépare vraiment à la guerre. À l'horreur de la guerre. On nous a montré des soldats qui tirent sur des hommes à genoux. On voit les crânes et les cervelles qui explosent, ça fait *splatch* comme un fruit!

L'onomatopée, la comparaison et le sourire. Ton aplomb farouche – ou serein. Car tu rayonnais toujours, exprimant seulement un regret dans ta fierté :

– Gelins a filmé mon passage mais il ne m'a pas envoyé la vidéo. J'ai fait un très bon passage, un des meilleurs!

Tu ne t'es pas appesanti sur ta déception mais la légère inflexion de ta voix révélait que tu aurais aimé partager ces images avec nous. À l'entraînement, dès le départ, tu nous l'avais expliqué :

– Les bâtiments de la « ville » n'ont pas de toits, nos cadres sont postés en hauteur et surveillent notre progression. Ils peuvent nous dire ce qui ne va pas.

Quand un gars n'était pas prudent, qu'il s'exposait au feu de l'ennemi, le sergent-chef Mansouri hurlait :

– Mort! Mort! Mort!

Et son bras se levait lentement, il esquissait un geste insolite de la main, une âme qui s'élevait vers le ciel, le paradis peut-être. Gelins, lui, sautillait drôlement, agitant ses bras comme des ailes. Il vous prévenait, vous n'étiez plus que des anges, voletant là-haut. Le sergent-chef et le caporal-chef, tressautant devant ton père et moi, assis côte à côte dans notre inconfortable canapé, formaient une vision aussi cocasse qu'angoissante.

Fleur a effectué un passage en binôme avec toi. Rollins était mécontent : elle avançait trop vite, prenait des risques inutiles, se précipitant à l'intérieur d'une pièce, ignorant les règles de sécurité, pour aller tirer sur une cible dissimulée derrière une armoire. Son intuition l'avait bien guidée mais elle s'était mise en danger. Rollins a observé : « Mboa, il faut l'attacher ! »

Et enfin, Gelins t'a permis d'utiliser la Minimi. Tu as perdu un pari et vingt euros. Tu pensais que le caporal-chef continuerait à te priver de cette arme. Car il t'avait dévoilé sa stratégie : t'en priver pour que tu la désires davantage. Un gars t'avait pourtant assuré que cette fois, non, il te laisserait l'essayer, il avait raison. L'arme, ta préférée, pèse six kilos :

– Sa puissance de feu est incroyable ! Et sa cadence de tir ! Et le bruit ! Elle craque l'air ! *Pom pom pom !* Et il y a un écho ! *Pom pom pom !* Le bruit est indescriptible ! Moi, si j'ai un ennemi face à moi qui tient une Minimi, j'ai peur !

Tu attendais impatiemment les trois prochaines semaines de terrain. Un stage d'entraînement intensif, trois semaines consécutives sans permission. Et sans rations : elles ont toutes été dispatchées en Pologne, conflit en Ukraine oblige. On vous a demandé d'apporter de l'argent liquide, les cadres se chargeront des courses et vous cuisinerez vous-mêmes. Tu rêves des délicieuses recettes que vous mitonnerez :

– Un couscous merguez ! Un poulet yassa ! Ce sera merveilleux !

Tes yeux gourmands !

Mais les images des décombres de Marawi me hantaient.

Après ton départ, je suis allée me renseigner sur cette bataille. Cinq mois durant, les combats ont fait rage dans cette ville. « Le plus long affrontement urbain de l'histoire des Philippines. » Les militaires philippins traquaient les djihadistes, dont le nombre les avait surpris, et s'étaient retrouvés débordés. Des maisons, des bâtiments officiels, une église et l'université furent incendiés. Des ponts, des rues, l'hôpital occupés par les terroristes qui avaient libéré de deux prisons les détenus, lesquels venaient grossir leurs rangs. Les soldats tentaient de regagner ces zones, progressant lentement. On se battait le long d'allées étroites entre deux immeubles, dans des garages, des parkings, des escaliers, des écoles abandonnées. J'ai regardé une vidéo en ligne que tu ne m'as pas montrée, un reportage de la télévision américaine. Une jeune journaliste accompagnait les militaires philippins au plus près de l'action.

Elle courait, se cachait avec eux dans les classes, derrière un mur, sous une fenêtre. La journaliste interviewait les hommes en pleine action. L'un d'eux, si jeune, dissimulait mal sa peur, il avait baissé les yeux, détourné le visage avant d'affronter le regard et les questions de la jeune femme. Le cameraman avait aussi filmé un soldat en position allongée sur un bureau, un camarade lui maintenait les jambes pour éviter que la puissance de l'arme ne propulse le corps du tireur en arrière. Le soldat tirait, tirait, tirait sur l'ennemi. On voyait la façade de l'école éventrée, les bureaux renversés, les chaises brisées, le poster de l'alphabet déchiré, arraché. Et je me suis demandé : que devenaient les élèves, les enfants ? Où se terraient-ils ? Continuellement, les coups de feu, les tirs, les explosions résonnaient tout près de la journaliste tandis que des avions survolaient la ville en rugissant, lâchant leurs bombes. Comme les djihadistes disposaient d'énormes réserves de munitions, qu'ils étaient nombreux, organisés et prenaient tous les risques, le siège s'était éternisé. À l'inverse, l'Armée philippine était accusée d'être mal équipée, mal organisée. Un porte-parole de l'Armée (un lieutenant-colonel) défendait ses hommes au micro. Les civils, acculés, ne sachant où fuir, où se réfugier, survivaient au milieu du chaos avec les vivres qui manquaient. Femmes et enfants étaient filmés escaladant l'arrière d'un camion lors d'une évacuation.

La journaliste était parvenue à interroger un habitant au téléphone. Mais, faute de batterie, l'échange s'était terminé abruptement avec cette supplication : qu'on le sauve, vite. La voix de l'homme s'était brisée sur un sanglot avant que la communication ne s'interrompe. La journaliste, ébranlée, se mordait les lèvres à l'écran – on ne pleurait pas face caméra. Le visage défait, elle se tournait vers son collègue cameraman, cherchant, des yeux, son soutien. À son poignet, sa montre argentée brillait.

À mon poignet, ma montre argentée brillait. Qu'est-ce qui me poussait à regarder ces images ? Ton père se souvenait de cette bataille – pas moi. Mais ce n'était pas ça, c'était comme si je voulais me rapprocher de toi, comme si je te cherchais parmi ces jeunes soldats. Dont on ne distinguait que les yeux, leur bouche et leur menton étaient dissimulés par un cache-cou remonté jusqu'au-dessus de leur nez. Ils semblaient tous si jeunes. Qu'est-ce qui les avait menés à s'engager dans l'Armée ?

Et toi ? D'où t'est venu, soudain, ce désir de t'engager ? Y a-t-il eu un moment de bascule ? La pandémie et ces mois où nous nous sommes retrouvés reclus, qu'en penser ? Ces mois de presque non-vie. Cours interrompus, enseignement à distance. Repli, solitude des étudiants. Je me souvenais de ce prof (tu m'avais appelée dans ta chambre pour que je le voie de mes propres yeux), ce prof seul, perdu, assis ou debout, assis puis debout, sur l'estrade de l'amphi de ta fac, l'amphi vide, la fac vide, cherchant ses mots, bégayant, louchant en direction de la caméra, ajustant son micro qui grésillait, le prof décontenancé, se grattant la tête fébrilement. Je me souvenais des étudiants, de leurs mines fatiguées, hébétées, qui apparaissaient par instants à l'écran, formulant leurs questions décalées, embarrassées. Soudain, à l'écran, ce gros plan sur le visage hagard du prof.

Lors du confinement, tu n'es sorti de l'appartement qu'une fois par semaine, par la fenêtre de ta chambre (en rez-de-chaussée), tu courais de l'autre côté de la rue, t'échauffais et réalisais, selon le programme que tu avais établi, des séries de tractions, te suspendant à l'échafaudage érigé sur la façade de l'immeuble d'en face dont le ravalement s'était interrompu (comme tes cours de pratique sportive, rugby, gymnastique, natation, CrossFit…). Tu te lançais aussi dans des sprints, au milieu de la rue déserte – la nuit.

Dans ta chambre, pendant deux mois, tu as enchaîné les pompes, affûté tes abdominaux, exécuté toutes sortes d'exercices d'assouplissement, soulevé des haltères : ta condition physique ne s'est pas détériorée. Tu es rarement sorti de l'appartement, tu craignais, nous craignions l'éventuelle contamination de ton père par le virus. Tu redoutais d'en être la cause. Nous étions préoccupés par les conséquences potentiellement gravissimes pour sa santé – ses poumons sont si malades.

Ou ne cherches-tu qu'à te préparer à la catastrophe annoncée, comme tu l'affirmes ? Serais-tu le plus réaliste, le plus pragmatique de nous trois ? Les tourbillons du ressassement me reprennent... Ton père et moi avons toujours semblé plus agités ou énervés que toi... De toi, ton père disait toujours que tu étais « *as cool as a cucumber* ».

Quelques heures après le départ de la journaliste américaine et du cameraman, l'unité qu'ils avaient filmée et interviewée était victime d'une embuscade. Treize soldats furent tués, quarante furent blessés. C'était à Marawi, en 2017.

J'attends ton retour, la prochaine perm' après les trois semaines de terrain.

Attendre, c'est écrire. L'écriture est arrivée avec ton départ.

Au début, j'écrivais quand tu n'étais pas là, parce que tu n'étais plus là. Assise ou tordue sur le sofa, les jambes repliées sous mes fesses, l'ordinateur calé contre mon ventre, tu existais tout autour de moi.

Ensuite l'écriture s'est installée en ta présence, sur les lignes pâles d'un carnet. Griffonner des faits, des expressions, des ambiances, c'est arrivé en t'écoutant. Écrire est devenu une écoute. C'était retenir ta voix, ton récit, ta flamme. Mais les notes sont succinctes, un gribouillis de phrases rapides, des mots qui penchent, difficiles à déchiffrer. Souvent le feutre reste figé au-dessus de la page, son immobilité explique les trous dans l'histoire. Puis le feutre se pose sur le papier, il se presse, court, fonce, les mots sont pris de vitesse, comme couchés par le vent, presque illisibles. Le contenu du carnet, ce sont des lambeaux de temps, des lambeaux de ton roman. Lorsque tu repars pour le régiment, je décrypte.

Manque l'irremplaçable. Ton visage. Ta voix. Ta vitalité.

Quand j'écris, c'est sur l'ordinateur, seule, avec une tasse de thé à ma gauche, sur l'accoudoir esquinté du canapé (griffé par le chat). Ton père passe et se moque gentiment de moi, la buveuse de thé qui tape à toute allure à deux doigts. Il ne la vexe pas, la buveuse de thé. Quand j'ouvre le carnet, je suis toujours surprise du peu qui a été saisi, là, sur ces lignes pâles. L'essentiel de ton récit est ailleurs. L'aventure, ton aventure, ses scènes marquantes, ses rebondissements, je ne les retrouve pas dans mes gribouillis. Je me demande où sont passés les péripéties, les coups de théâtre, la comédie. Ça et tes impressions, tes réflexions intelligemment exprimées, je les ai laissées filer, elles se sont échappées. Pardonne-moi.

Mes souvenirs, ma mémoire et l'écriture se désaccordent de ton récit. La chronologie est bousculée. En plus, sur le carnet, j'écris dans tous les sens : au début et à la fin, à l'endroit et à l'envers, en diagonale et à la verticale – je m'embrouille, perds mes repères, perds le fil.

Du régiment, tu ne rapportes pas qu'un récit palpitant, mais autre chose de moins trépidant : du linge sale. C'est moins noble mais ça doit s'écrire. Perm' après perm', je lave ton linge crasseux. Tes treillis sablonneux, boueux et puants, dont, bien sûr, tu n'as pas vidé les poches. Chaussettes, sous-vêtements, sous-pulls. Je rassemble les vêtements sales que tu as retirés de tes bagages et que tu as éparpillés au pied de ton lit.

Tenir dans mes mains ton uniforme, tes sous-pulls kaki, tes T-shirts kaki, tes chaussettes kaki, c'est, par le contact du tissu, d'une couleur, d'un motif, être au contact du terrain. J'ai l'illusion consolante de me rapprocher de ta vie de militaire. De la toucher, un peu.

Quand je vide tes poches, je suis émue par les fragments de ta vie nouvelle qu'elles recueillent. Quand je rince le sable de tes treillis, je suis émue par ces grains de ta vie qui s'écoulent entre mes doigts.

Le temps est une mer où je nage, où je n'ai pas pied, où seules deux bouées, deux bornes, sont distinctes : un mardi 6 décembre et un samedi 10 juin. Le commencement et la fin de ta formation initiale. Le début de l'écriture, sa fin.

Je ne peux pas penser l'après.

Un « bof » et pendant quelques jours nous sommes inquiets. Que se passe-t-il ? Que t'arrive-t-il ? Et que voulons-nous ? Que tu poursuives ? Que tu persévères ? Ou que tu rentres ? Que tu arrêtes ? Que tu en finisses avec l'Armée ?

Un bref texto à ton père, avec ces deux seuls mots : « Moral bof. » Que penser de ce message ? On s'interroge. On en déduit que la première semaine du stage d'entraînement intensif s'avère plus dure que tu ne l'anticipais. On évite de s'affoler. On essaie de se calmer.

L'angoisse m'a poussée vers ta chambre. Je me suis décidée à la dépoussiérer, saisie d'un besoin impérieux d'occupation. Attaquant par la zone autour du lit et derrière la porte. J'ai épousseté les murs, les corniches, déchiré des toiles d'araignées, délogé deux grosses tisseuses. J'ai déblayé le désordre fourré sous le lit, trié, jeté, balayé. J'ai dégagé ton lit du mur, lavé le parquet, repoussé le lit contre le mur. Le lit a été défait, la housse de couette, le drap, deux taies d'oreiller ont été portés à la machine à laver. J'ai refait ton lit. Passé l'aspirateur sous ton bureau. Je me suis démenée, je ne me reconnaissais pas. J'ai rempli deux sacs-poubelle d'emballages divers, abandonnés à l'ombre de ton lit. Les ai déposés sur le paillasson, à l'extérieur de l'appartement. Je ne suis pas allée jusqu'au bout de la tâche, ne les ai pas transportés au local poubelles, non, j'ai fractionné l'effort. Je n'ai jamais été une parfaite ménagère. Je suis retournée à ta chambre partiellement désencombrée. J'ai avisé ton lit propre, accueillant. Me suis allongée en sueur dessus, éternuant, éternuant, éternuant. Longtemps je suis restée là, inactive, pensive, rêveuse. Un tiers de ta chambre était dépoussiéré, un immense progrès, les deux autres tiers, je les rangerais une autre fois : minuscule défaite.

Notre chat, le roux, a contrôlé l'avancée du ménage partiel, rôdant autour de l'armoire, passant sous la fenêtre, reniflant l'air, bondissant sur ton lit, inspectant depuis cette hauteur nouvellement déblayée ma subite agitation. À la furie des hommes s'opposait la curiosité languide du chat domestique.

« Bof ». Une interjection, l'expression d'un découragement, et nous ne savons plus ce que nous voulons pour toi.

Et puis tu nous as envoyé un nouveau message : ça allait mieux. Tu avais hâte de rentrer, de raconter encore. Tu n'avais pas pu nous rassurer plus tôt parce que les cadres avaient confisqué vos téléphones.

On vous avait donc « confisqué » cet appareil dont je me dispense. Alors je repense aux deux hommes, plutôt élégants, ce matin ou un autre, dans ce couloir de métro, à quelques mètres d'intervalle, si absorbés par l'écran de leur portable qu'ils ont chacun son tour marché sur ma chaussure, me déchaussant les deux fois. Ils avançaient le long de ce tunnel, si distraits qu'ils ne m'ont pas vue : je n'existais plus. Ces deux hommes courtois, gênés, en costume cravate, se sont sincèrement excusés tout en déportant aussitôt leur regard vers l'irrésistible appareil qui les happait. Envoûtés, ils poursuivaient leur chemin – ma chaussure et moi étions à peine une interruption.

Plus que deux semaines de ce stage intensif. Et puis tu reviendras et tu raconteras.

Plus qu'une semaine de ce stage intensif.

Cap sur ta chambre. Lorsque le manque ou l'angoisse se manifestent, pendant quelques minutes ou quelques heures, j'y lis, écris, bois du thé et rêvasse. Je ne devrais pas squatter ta chambre. Pourtant j'y retourne et je m'y attarde. Le chat me suit, il me déloge même de ton lit qu'il ne fréquentait pas auparavant. Ton lit propre et confortable, au matelas moelleux, aux couvertures et oreillers douillets. Avant le grand chambardement, le chat se réfugiait au-dessus de ton imposante armoire blanche, dormant à l'écart de nos déplacements. De là-haut, le roux nous surveillait, un œil clos, l'autre en alerte quand nous nous arrêtions devant la porte ouverte de ta chambre. Cet œil-là luisait quand nous contemplions le fatras qui recouvrait le parquet, ton lit, ton bureau. Qui s'entassait dans un coin de la chambre, sur un gros panier à linge. Ce fatras à demi caché, dans la pénombre des volets et rideaux fermés, nous effrayait, semblant nous accuser (les idées que l'on se fait !).

Lente, je suis lente comme une limace. Pas pressée, lentement, limaceusement, je range ta chambre. Petit bout par petit bout comme si je mâchonnais une feuille de salade dans un potager. Un coin est déblayé, puis un autre. Cinq minutes par-ci, dix minutes par-là. Une heure par-ci, deux heures par-là : l'indolente vaincra.

Je range, buvant, écrivant. Je range pendant que tu te prépares à la guerre. Sporadiquement je m'active, tandis que sans relâche l'Armée t'éprouve. Ranger ta chambre, occuper ton espace sont encore ma façon de me rapprocher de toi, je construis comme un pont, une arche entre deux phénomènes incompatibles.

Misérable impression d'utilité.

Le ménage contre l'angoisse, un remède. L'écriture aussi.

Plus qu'une semaine.

Nous préparons ton retour : ce dimanche, nous nous sommes activés à deux pour nettoyer ton bureau et son matériel informatique. Ton père a frotté à la brosse le tapis de souris XXXL (tapis de gamer). Dans la baignoire, il l'a savonné, l'a rincé, le suspendant ensuite au pare-douche. De mon côté, à l'aide d'une éponge grattante, j'ai frotté le bois brut de ton bureau. Au couteau j'ai décollé des croûtes résistantes d'origine incertaine. Les taches de lait séché étaient reconnaissables entre toutes – le mystère demeurait concernant d'autres traces. Curry, café et des incrustations indéterminées. En fait, le bureau n'était pas si sale que ça. Le clavier de ton ordinateur, en revanche, était dans un état atroce. L'objet me dégoûtait, ses touches et ses interstices crasseux me révulsaient. Ton père s'est amusé de mon dégoût. Il m'a dit que je n'avais rien vu, que les claviers les plus dégueulasses appartenaient aux fumeurs, les interstices se remplissant de cendres en plus de la bouffe et des poils (les leurs et ceux de leur chien ou de leur chat !). Ça se prenait même en photo et on partageait sur internet ses clichés. C'est à qui possède le clavier le plus immonde, on croirait un concours – certains gamers exhibaient fièrement leur incurie ! Je n'en revenais pas.

Ton père m'a rappelé combien lui tient à la propreté de son clavier. Dans l'open space où il travaillait autrefois, la journée terminée, son clavier ne finissait pas sur le bureau, non, il le débranchait et le rangeait dans un tiroir, à l'abri de la poussière – son dernier geste avant de quitter les lieux. À la maison, je l'entends nettoyer son clavier à la bombe à air comprimé, je le vois désinfecter les touches (et sa souris) à l'aide de lingettes antibactériennes.

Ton père t'a âprement défendu, finissant par me convaincre : ton clavier n'était pas dans un état si sordide.

Au sujet de tes murs blancs dépoussiérés, surfaces immaculées, vides de posters ou de photos, ton père s'est plu à me provoquer :

– Je vais lui commander des posters de l'Armée, des posters d'HK, de FAMAS, de toutes sortes de fusils, de mitraillettes, de griffons, de tanks. Et d'hélicoptères, de porte-avions, de sous-marins ! Je vais lui commander des affiches avec des slogans. Ça t'intéresse, en ce moment, hein, les slogans, même si là on est loin des slogans de manifs : « Je viens de loin et j'irai loin », « Je veux être le nouveau souffle après la tempête », « J'ai soif d'aventure pour ceux qui ont faim de liberté » !

Souriant de me voir consternée, il a continué son énumération : « Je veux aller de l'avant pour que la liberté ne recule jamais », « Je veux repousser mes limites au-delà des frontières », « Je protège mon pays, je progresse dans ma vie » !

Je me suis décomposée, il a poursuivi, consultant son portable :

– On trouve même le slogan féminisé : « Je suis tournée vers les autres et mon avenir. » Et un autre, ça doit être les chasseurs alpins qui recrutent, il y a une silhouette de skieuse sur un fond flou de montagne, dans la neige : « Je suis déterminée à atteindre les sommets. » Adjectifs accordés au féminin : ça te touche ?!

– Arrête !

Mais il n'arrêtait pas :

– Il y a les formules minimales, on compte les mots, on ne dépasse pas le chiffre quatre – pour ceux qui n'aiment pas lire : « Croire en soi, s'engager », « Grandir ensemble, s'engager », « Devenez vous-mêmes » !

– Arrête !

Ton père m'a encore taquinée :

– Attends, celle-ci est la meilleure : « Ma volonté est tout-terrain, mon avenir à toute épreuve » ! Non, celle-ci la dépasse : « J'ai rejoint les rangs pour sortir du lot » !

Argh !!!

Rentre ! Rentre vite ! Nous t'attendons ! Ta chambre est prête !

Tu es rentré avant moi, vendredi.

Tu m'attendais au salon, ton corps amaigri calé contre le dossier du fauteuil gris. L'attente avait changé de camp.

C'était étrange d'arriver après toi. Ça constituait une anomalie. Ça m'a déréglée, ça nous a déréglés. J'avais maintenu un rendez-vous. Je n'avais pas renoncé à une rencontre. J'aurais peut-être dû (le reproche dans les yeux de ton père).

J'étais tellement soulagée, tellement contente de te retrouver que je t'ai touché, embrassé, touché encore, embrassé encore. Je devais me détacher de ma terreur de mère qui, en ton absence, s'épanche dans la solitude des pages. En ton absence, par moments, je me débats contre une mélancolie qui menace de m'écraser comme un affreux et pesant bloc de ciment.

Après le temps des caresses est venu le temps du récit. Tu t'es lancé dans le joyeux résumé de tes aventures. Je te regardais comme si je te redécouvrais, comme si tu avais disparu pendant d'interminables années. J'écoutais ta voix : grave et forte, elle remplissait la pièce. Ton enthousiasme explosait entre les murs de l'appartement. Joie et fatigue mêlées ? Tes yeux ardents démentaient l'épuisement que tu évoquais !

Tu es donc rentré de trois longues semaines de terrain sans permission pendant lesquelles vous vous êtes entraînés sans relâche, pendant lesquelles vous avez été privés de sommeil, de nourriture. La faim a été un choc : la nuit, elle te réveillait. Des crampes douloureuses à l'estomac. Tu as revécu l'expérience, joué la scène, te tordant devant nous. Plié en deux, appuyant tes deux mains sur ton ventre, tu as dit :

– J'hésitais, je me disais, et si je mangeais ma ration maintenant, je n'aurais plus mal, je dormirais. Mais qu'est-ce que je mangerai demain ? Je n'aurai plus de ration. Alors je me recouchais, je m'enroulais dans la bâche, la pluie tombait dessus, elle frappait la bâche, et puis je me rendormais.

Je t'écoutais et j'entendais la pluie crépiter, marteler la bâche, j'entendais la pluie te bercer, j'étais dehors avec toi, trempée. Toujours plus pragmatique que moi, ton père t'a interrogé, tu as répondu :

– Non, je dormais pas sur un matelas, je dormais sur la terre, on déblayait les feuilles, et on dormait sur la terre, le matelas de camping est trop encombrant à porter, en plus du gros sac à dos, du casque sur la tête et de l'arme.

Tu t'es levé, tu t'es approché, m'as tendu tes mains. Je les ai prises dans les miennes, tes mains sales, égratignées, blessées, ta peau et tes ongles incrustés de terre. Je les ai examinées, je les ai retournées, il y avait ces nouveaux durillons sur tes deux paumes. Tes mains, tout ton corps ont été mis à l'épreuve.

Tu as expliqué.

Tu as parlé du « Puits du Hasard ».

En réalité, ce lac porte un autre nom mais il a été rebaptisé par le sergent-chef Mansouri. « Au Puits du Hasard, on ne s'y trouve pas par hasard ! » : devise du chef. Ses eaux glacées, boueuses. Vous deviez vous immerger dedans. De jour comme de nuit, vous avez dû courir, plonger, nager dans le lac. Vous avez appris à disparaître sous l'eau, à rester cachés sous la surface. À supporter le froid et l'humidité, puisque après les exercices aquatiques vous ne vous changiez pas, vous aviez interdiction d'ôter vos treillis trempés, vos bottes trempées, vos chaussettes trempées. D'un endroit à l'autre, vous pataugiez. Vous appreniez à supporter des conditions extrêmes. Aguerrissement. La guerre sera votre métier.

Le Puits du Hasard, parce que le sergent-chef possédait le sens de la formule.

Outre le récit de l'entraînement, tu as rapporté des notes du terrain que tu es pressé de me lire. Car tu as consigné les meilleures répliques de tes cadres sur ton téléphone. Tu me les as lues très lentement pour que je les recopie (et je les ai recopiées sous tes yeux) :

« Messieurs, ce soir vous avez une invitation ! Mettez votre meilleure tenue ! » Tu expliques que ça signifie enfiler son treillis sablonneux parce qu'on va vous envoyer soit dans la boue soit dans l'eau – du fameux Puits du Hasard.

« Le temps vous sourit, messieurs ! Regardez, le soleil n'existe plus ! Vous souffrirez et vous deviendrez vaillants sous la pluie ! » Car tous les jours, il faisait gris ; tous les jours il pleuvait.

« Votre estomac sera si petit que vous ne pourrez pas profiter de votre week-end, je m'en assurerai ! » (Ras-le-bol des rations, de cette bouffe répétitive.)

« Ne vous inquiétez pas, après tout ça, vous pourrez toujours vous dire : face à n'importe quelle situation, j'ai fait pire ! Et vous gagnerez vos guerres ! »

« Le froid change les hommes, messieurs ! Ce soir vous allez changer ! »

« – Allez-vous encore mentir ?

– Non, sergent !

– Je ne vous crois pas ! À l'eau ! »

« Quand la vie est simple et belle, vous devenez une merde. C'est pour ça que les civils sont lents et inefficaces. »

« La vie civile vous frustrera maintenant que vous êtes aguerris. »

« La lenteur des civils vous brisera le moral et vous deviendrez aigris, entourés de lâches ! »

« Vous avez la vie dure, assis toute la journée sous un toit climatisé, plaignez-vous encore ! »

« Le Puits du Hasard, on n'y est jamais pour rien, ni par hasard ! »

« Le Puits lave les lâches et les impurs et soigne les blessés (de la tête, bien sûr). »

« Il est nul à chier mais constant ! »

« Je suis entouré de médiocrité, sortez-moi de là ! »

« Les mensonges ne vous sauveront pas sur le champ de bataille ! »

Et cette dernière sentence, la seule du caporal-chef Gelins, je l'ai tapée assise sur notre auguste canapé, dans une position improbable, déconseillée, toi près de moi, toute contorsionnée.

Ton visage rayonnant à la lecture de tes notes.

Ton plaisir à me voir les retranscrire. Et tu as raconté précipitamment tes dernières aventures, mangé à toute allure, englouti le repas préparé par ton père, et illico presto tu es retourné dans ta chambre. Ton refuge (dépoussiéré ! Propre ! Rangé !) aux volets clos, aux rideaux tirés. Tu es retourné à ton ordinateur, au jeu en ligne avec ton ami Alexandre, ton copain depuis l'école primaire. Tu avais besoin de te distraire, te détendre, te reposer, as-tu dit, filant vers ta chambre. « Merci pour le rangement. » Tu as bougonné ta gratitude.

Nous sommes si heureux. Si soulagés que le « bof » soit de l'histoire ancienne. Et après ce compte rendu de deux ou trois heures dès le soir de ton retour – oui, il y a tant à dire, tant de questions à poser, tant de réponses à donner –, tu t'es replié dans ta chambre, et j'ai pu commencer à écrire.

Mais la rédaction ne peut que s'étaler sur plusieurs jours. Car d'abord je t'écoute, intensément. D'abord je profite de toi, intensément. Je m'imprègne de ta joie, de mon plaisir à te retrouver. Je me réjouis de te revoir joyeux, comblé, excité par les aventures à venir. D'abord je savoure et médite le présent. Intensément.

Ce que tu nous as raconté : les JVN, les jumelles à vision nocturne, la Voie lactée comme vous ne l'aviez jamais vue. Le firmament, toutes ces étoiles. Votre ébahissement, votre émerveillement, vos exclamations, vos bouches ouvertes, tu les as mimés. Et notre appartement n'avait plus de plafond mais un ciel de nuit étincelant ; nous l'avons vu avec tes yeux, ici, chez nous, ensemble, depuis notre banlieue.

Sur le terrain, près du lac, en forêt, une rencontre inopinée. Dans le même camp que vous, des gendarmes s'entraînaient. Les ayant repérés, Rollins a décidé que vous les encercleriez, que vous les attaqueriez, ce serait un exercice pratique. Vous avez fondu sur eux « en mode chasseurs ». Ton caporal-chef a lancé ses grenades enfarinées dans leur direction. La cible a été atteinte, les gendarmes ont été recouverts de poudre blanche ! Succès de l'opération. Satisfaction générale. Votre troupe, victorieuse, s'est éloignée. Mais non ! L'embuscade n'était pas terminée : les gendarmes vous pourchassaient !

À leur tour, ils vous pistaient ! Vous deviez les semer : vous avez réussi à leur échapper.

Caporal-chef Rollins, tu l'as appelé « papa Rollins ». Décontenancée, j'ai regardé ton père, il n'a pas bronché. Et je me suis dit qu'il était bon, en effet, d'emprunter, d'adopter et de s'appuyer sur plusieurs pères – comme plusieurs mères : on n'en était que plus solide.

Tu l'as avoué, dans les eaux glacées du lac, même la nuit, tu ne pouvais pas t'empêcher de sourire. Et je me souviens des remarques du caporal-chef Gelins, les premiers jours de ton aventure : « Bennis ! Efface ton sourire ! »

Au Puits du Hasard, la nuit et le lac cachaient ce sourire.

Tu es rentré de ces trois semaines absolument rayonnant. Samedi matin, au café, j'étais frappée par l'éclat de tes yeux bruns. La chaleur et la douceur de ton regard. Ton port de tête. Ton visage lumineux. Tu vis, tu aimes. La lumière s'accrochait à toi. Tes mouvements étaient souples, gracieux.

Tu as reporté à samedi le récit de ton retour en voiture, avec Zaborski. Le temps de trajet est le même qu'en train, un peu plus de quatre heures. Tu as embrayé avec le feuilleton :

– Zaborski est polonais mais il ne veut pas trop qu'on le sache. Il n'a vécu là-bas que deux ans, quand il était petit. Alors quand il y a eu l'appel au régiment pour que les gens qui parlent polonais se signalent à leurs cadres, il est resté discret, il n'a rien dit. Parce qu'il ne parle pas très bien la langue et il ne veut surtout pas être envoyé là-bas pour traduire. Il veut se battre, il est ceinture noire au karaté !

Provoquant ou feignant de l'être, tu as précisé :

– Il est monté à 140 sur l'autoroute. Il a perdu un point sur son permis avec cet excès de vitesse…

Je n'ai pas relevé, ne t'ai pas interrompu, nous étions au bistrot Les Altitudes, le lendemain de ton retour. La serveuse chinoise, tout en rose, du serre-tête à perles aux pantoufles à strass et plumes, s'avançait, repartait avec notre commande. Tu as repris :

– Zaborski était patron de sa boîte, à dix-neuf ans. Il avait huit employés. Lui, il se payait huit mille euros par mois.

Le doute sur mon visage, comme une grosse verrue. Tu as réagi :

– C'est ce qu'il dit.

– Il se vante pas un peu ?

– Je crois pas. Il était vitrier. Et pompier volontaire aussi.

– Qu'est-ce qui l'a décidé à s'engager ?

Ta réponse, si tu m'en as donné une, je ne m'en souviens pas, et elle n'est pas consignée dans mon carnet.

Dans la voiture, vous étiez quatre. Je me suis représenté la bande, rigolant, l'amitié entre vous, sorte d'airbag, de ceinture de sécurité, d'une substance plus riche, plus précieuse, plus résistante que le matériau d'une voiture. Amitié qui vous permettra d'affronter le feu ennemi lorsque vous serez jetés dans la bataille, propulsés dans la guerre.

Arezki, lui, est rentré en Blablacar, il a réussi à trouver quelqu'un pour le conduire à sa destination, une ville en Normandie. Tandis que la serveuse en collant rose glissait vers nous et déposait nos tasses sur les tables, tu disais :

– Et vous ne devinerez jamais qui l'a pris en covoiturage ! ? Un instructeur de tir ! Il a formé des athlètes qui ont participé aux jeux Olympiques ! C'est incroyable, non ? Arezki lui a parlé de la Minimi. Mais il ne la tient pas comme je la tiens.

À la terrasse en pente de ce bistrot, les cafés fumant devant nous, au soleil, la gestuelle du tireur s'est invitée à table, tu soulevais ton arme, tu la calais contre ton épaule, la mettais en joue, tu visais, le doigt sur la détente :

– La Minimi, je la manie comme si elle pesait deux kilos et pas six.

Tu as tiré :

– *Pom pom pom !*

Tu as baissé le canon :

– Quand Gelins manie l'HK, on dirait un jouet, tellement il est grand, le caporal-chef.

Les propos du sergent-chef Mansouri ont résonné jusqu'à la terrasse :

– Il a dit qu'avec son Glock, il a déjà mis une balle entre les deux yeux d'un EVI.

J'ai lentement traduit l'acronyme en moi-même : engagé volontaire initial. Se concentrer sur ces trois lettres, pas le front troué d'un gars qui a pété les plombs pendant sa formation initiale, qui a visé et tiré sur ses camarades. S'empêcher de voir le sang, le mort, les visages horrifiés des silhouettes kaki autour de lui. Se boucher les oreilles, ne pas entendre celui qui vomissait à l'écart. Ça ne fonctionnait pas, je pensais aux frissons de terreur des autres. Aux parents du jeune. Abattu dans le but de sauver les autres qu'il menaçait de son arme. Au drame de cette perte. La pitié que je ressentais pour eux et pour le sergent-chef Mansouri, obligé de tuer ce garçon. Je pourrais gémir d'horreur mais je me suis sermonnée : pauvre femme, domine ton haut-le-cœur, le cri qui risque de t'échapper. J'ai regardé à l'intérieur du bistrot, observé la serveuse, douce et soyeuse dans son pull rose qui papillonnait derrière le comptoir. Se ressaisir. Se sentir mal mais se ressaisir. J'ai recouvré mes esprits, maîtrisé mes réactions, simulé flegme et détachement. Ai suivi la description des entraînements au combat en zone urbaine, la critique de la stratégie défaillante de tes camarades :

– Ils ne pensent pas à la riposte, en face, ils n'imaginent pas que les ennemis se cachent, ils n'ont pas cette logique du PVP.

– PVP ?

– *Player versus player*. Ils ne font pas d'*overall check*. Ils ne vérifient pas les recoins, ne pensent qu'à la cible évidente devant eux, ils oublient les angles.

Tout ce temps passé à jouer aura au moins servi à ça. Peut-être même que ça te sauvera la vie.

– Quand je les vois, avec leur canon qui dépasse de la porte, j'y crois pas. Ils savent pas se dissimuler. Dans leur esprit, il n'y a pas de terroristes ou d'ennemis intelligents et vicieux. Pourtant on a eu la chance d'avoir de très bons cours. Avec un prof, le sergent-chef Mansouri, qui a des cicatrices de combat. Une grenade a explosé dans sa main et l'a abîmée. Il a des cicatrices sur sa poitrine, il nous les a montrées, il a été blessé en Afghanistan.

Un samedi matin, à la terrasse d'un bistrot de banlieue, on ne s'attendait pas à cette histoire, on était plongés dans la guerre tandis que les voitures montaient et descendaient le boulevard. Que les passants longeaient la terrasse, revenant du supermarché ou s'y dirigeant, sacs ou caddie à la main. Mon visage semblait placide, à l'image des visages de tous les passants. Je dissimulais mon effroi. Je ne devais rien laisser transparaître, tu te tairais, tu me fuirais.

Tu as expliqué les cibles :

– Une cible, à l'entraînement, c'est juste une silhouette en ferraille. C'est pas réaliste mais ça le devient vite, dans le feu de l'action, à cause des instructions qu'on nous donne. Il y a l'attitude des cadres, la pression qu'ils nous mettent, les cris…

Blessés eux-mêmes au combat – j'ai assimilé l'information. Mais pas de trêve dans le récit, tu as continué, solennel, à la manière de chef Mansouri (j'ai imaginé) :

– Une des cibles, c'est une femme au visage paniqué mais elle tient une arme pointée sur toi, elle me vise. J'ai tiré, je l'ai tuée, j'ai eu peur, est-ce que c'était une civile ? Mais non, il fallait tirer, c'était bien une terroriste ! À la fin de la semaine, je n'hésitais plus à tirer sur une cible, c'est qu'il ne faut pas se faire descendre par l'ennemi. Quand un gars ratait une cible, le chef criait : « Mort ! Mort ! Mort ! T'es mort ! » C'était stressant.

Une petite gorgée de café pour faire passer le stress de mon fils. Je me cherchais une contenance en t'écoutant :

– On doit tous être fiables, on doit faire confiance à son camarade, et la confiance doit être totale. On a une responsabilité extraordinaire vis-à-vis de l'autre, nos vies en dépendent. On doit toujours être conscient de ça, tous.

La leçon, tu l'as intégrée, commentant :

– Les règles sont ultra carrées.

À la gravité succède le trivial, l'ambiance s'est modifiée, tu as relayé les anecdotes d'un caporal-chef revenu du Mali, ça devait être Gelins :

– On savait pas qu'on pouvait autant transpirer. Il nous a expliqué que dans les bottes, là-bas, ça faisait *splotch splotch splotch* et ça débordait par le haut. Et l'eau de ta gourde, quand tu la bois, elle te brûle la gorge. Tu transbahutes des litres et des litres d'eau là-bas, quand tu patrouilles, et même au combat, tellement il fait chaud, tellement tu transpires.

Ça t'a donné soif, tu as demandé un verre d'eau à la serveuse en jupe de dentelle rose.

– On sue et le sel s'incruste dans les treillis. On organise un concours, c'est à celui qui supporte le plus longtemps son uniforme encroûté de sel. Parce que ça ne sert plus à rien de se laver, à cause de la chaleur, de la sueur qui n'arrête pas de couler, à cause du sable et de la poussière aussi. On pue et on s'en fout.

Désaltéré, tu as décrit une nouvelle scène.

Un gars sur le pas de tir, ratant chaque cible. Soudain cet oiseau tombant du ciel, *frou frou frou*, ton père et moi, on l'a vu ! La chute du corbeau, *frou frou frou*, tournoyant vers le sol, on ne l'a pas quitté des yeux. Ta main était l'oiseau, ta main était ses ailes. Et le caporal-chef, déridé, commentant la mort du corbeau, on l'a entendu : « Au moins t'as touché quelque chose ! »

Touchée, je l'ai été par cette vidéo que tu nous as montrée. Au régiment, tu t'es tenu en retrait d'une fenêtre de dortoir, tu as filmé subrepticement une centaine de soldats en treillis qui défilaient en contrebas de ton bâtiment. En rangs serrés, ils chantaient :

La mort chevauche à travers le pays
Frappant sans choix les héros, les bannis
Fuyez ennemis sinon vous mourrez !
Nous autres face à elle n'avons de regrets.

J'ai pleuré. Était-ce toujours à la terrasse de ce café ? Ou étions-nous à la maison ? Je ne sais plus.

Plus que quelques semaines (six ? Huit ?), et ce sera la fin de ta formation initiale. Plus que quelques semaines et, toi et les autres engagés, vous deviendrez militaires du rang, soldats de l'Infanterie.

Tu as prévu, à l'issue de cette formation, de prendre un appartement en colocation avec Santos et Vernon. Nous te verrons moins, sans doute. Tes histoires me manqueront, comme ta présence énergique. Tu nous laisseras le silence et le vide. Un creux, dans notre ventre et dans notre vie.

La guerre, les guerres, les conflits larvés... Où va-t-on vous envoyer ? Où iras-tu en OPEX ?

En cours, vous apprenez à identifier les chars russes.

Mais vous aviez encore beaucoup à apprendre. Ton récit d'une mémorable course d'orientation le prouvait. Tu as reproduit le speech qui a précédé la course. Le lieutenant vous a solennellement rappelé le code de l'honneur du soldat. Puis il a redoublé de sérieux :

– Tricher au combat, c'est la mort.

« Mentir à son supérieur, c'est la mort.

« Un menteur dans un groupe, c'est la mort.

« Une section en infériorité numérique face à l'ennemi, c'est la mort.

« Une compagnie avec une section en moins, c'est la mort.

« Un régiment avec une compagnie en moins, c'est la mort.

« Une guerre avec un régiment en moins, c'est la mort.

« Un menteur nous fera perdre la guerre, messieurs ! »

Il a ensuite distribué des cartes militaires. Obsolètes. Vous ne le saviez pas encore. Vous étiez censés vous repérer à l'aide de ces cartes mais le paysage avait changé : vous vous trouviez dans une réserve naturelle militaire privée où aucune action humaine n'avait entravé la nature (fertile, exubérante) depuis des décennies. Territoire délimité par des barbelés et des panneaux : « Zone militaire. Défense d'entrer ». Les pistes étaient recouvertes d'herbes hautes, de ronces, d'arbrisseaux. Ailleurs, elles s'étaient transformées en marécage. Plus loin, une forêt avait poussé dans ce qui, autrefois, était signalé comme une clairière sur la carte. Un étang avait disparu ou était apparu. Vous alliez vous perdre…

Le lieutenant vous a expliqué l'exercice. Il avait disposé des bornes un peu partout : des boîtes de munitions à l'intérieur desquelles il avait placé un objet aléatoire (banane, sachet de biscuit, etc.). À l'aide des coordonnées cartographiques, vous deviez localiser la borne et l'objet. Il y avait douze bornes à découvrir. Vous progressiez de borne en borne, associant le numéro de la borne à l'objet trouvé sur place.

La course avait commencé à seize heures, vous avez calculé qu'elle devait finir aux alentours de vingt-deux heures. Vous cherchiez par groupes de trois. Pas de triche, pas le droit de demander de l'aide à un autre groupe. C'étaient les ordres.

La course s'éternisait. Fatigue et panique s'installaient. La faim devenait obsédante. Vous commenciez à douter de l'existence de certaines bornes. Aucun groupe ne parvenait à les localiser. La nuit a estompé les derniers repères. Tu as proposé d'abandonner en pleine forêt. Épuisé, tu voulais juste dormir, là, sur place. Sans équipement. À cinq, vous avez cherché un trou où vous coucher. Tu as déniché un vieux trou de combat, presque une tranchée, il mesurait un mètre de profondeur. Votre groupe s'y est reposé trente minutes. Mais les cadres étaient sur le point de vous débusquer, alors vous vous êtes exfiltrés du trou, vous vous êtes échappés. Il était minuit, vous êtes partis à la rencontre des autres gars. Vous avez erré, vous êtes tombés sur d'autres groupes perdus, à deux doigts de l'abandon. Tu disais à tous les égarés qu'il était temps de dormir ! Et cette fois, ça n'a pas discuté, tout le monde était d'accord. Mais un débat s'est ensuivi : où dormir cette fois ? Sous un sapin épais ou dans un trou de combat ? La troupe s'est scindée en deux groupes d'une dizaine de personnes : les écureuils et les taupes. Les uns optaient pour l'arbre, les autres pour la terre. Vous vous êtes installés. Il était très tard, deux heures, trois heures du matin peut-être, vos treillis étaient trempés. La température chutait, il gelait. Vous vous êtes collés les uns aux autres, à la recherche d'un peu de chaleur. Vous grelottiez, vous trembliez au fond du trou. Ceux qui ne voulaient pas se coller changeaient vite d'avis. Certains se plaignaient d'être mal protégés par leur camarade.

« Colle-toi mieux ! »

« Couvre mieux ma jambe ! »

« Tu vois bien, là mon bras est à l'air ! »

Vous vous êtes endormis. Mais vous vous êtes tous subitement réveillés quand un gars s'est mis à crier qu'il avait vu ou entendu les cadres ! Il neigeait ! Vous étiez recouverts de neige. Tu n'oublierais jamais vos tremblements incontrôlables. Vous avez marché, défaits, vers les cadres.

Depuis le début de la course, ils vous surveillaient. Ils vous cherchaient. À travers la forêt, la broussaille, vous aperceviez leurs lasers, leurs lampes, vous entendiez leurs voix, leurs véhicules et vous vous cachiez.

Ils quadrillaient la zone en boucle, ils se relayaient, mais c'était fini : vous vous êtes rendus, frigorifiés, épuisés. Vous vous êtes tenus devant eux, penauds, éblouis par le faisceau des lampes, dans la nuit, sous la neige. Ils ont dit :

– Cela fait des heures qu'on vous cherche, on ne vous voyait plus sur les pistes.

Hésitants, vous avez répondu :

– On cherchait les bornes.

Espérant qu'aucun gars ne viendrait contredire ce mensonge.

À quatre heures du matin, les cadres vous ont comptés, il manquait le groupe du sapin : les écureuils. Les cadres vous ont ordonné de retrouver les autres. Enfin vous êtes rentrés au camp de base à cinq heures trente. Vous ne disposiez plus que d'une demi-heure de sommeil autorisé. Car chaque jour, le réveil sonne : à six heures, votre journée commence.

Tu as conclu :

– Et ça, maman, c'était juste une nuit. Et le sergent Suc disait toujours : « Une journée peut être longue, messieurs, mais une nuit encore plus. »

Les portraits de ces conscrits, je ne sais pas trop pourquoi, j'ai longtemps retardé le moment de les écrire. Souvent, en ton absence, pensant à eux, je suis allée procrastiner dans ta chambre. Ouvrant la fenêtre et les volets, laissant la lumière couler sur le parquet, une vague chaude et dorée qui caressait mes pieds nus, qui remontait jusqu'à mes genoux, mes mains. Je m'allongeais sur ton lit. Regardais la poussière danser. Les toiles d'araignées se balancer au plafond, dans les coins. Contemplais mollement ta chambre, les étagères, les piles de livres, de bandes dessinées, les classeurs debout. Songeais tendrement aux quelques cahiers d'écolier conservés parmi eux, tes vieux cahiers d'élève dissipé, rêveur, à la calligraphie heurtée. À la couche de poussière qui les recouvrait, même si je ne la voyais pas depuis ton lit.

Pourtant, dans ces moments, j'ai pensé aux trous que vous, les conscrits, creusiez dans la terre, au cœur de la broussaille, où vous dormiez, serrés les uns contre les autres. Tu m'avais dit ne pas aimer te retrouver au milieu, entre deux camarades. Car vous y dormiez à trois. Tu préférais te coller contre une paroi de terre, je me la suis représentée, cette terre traversée de racines. Je me suis imaginé ce que vous pouviez sentir et voir quand vous vous couchiez là. L'odeur fraîche, rassurante de l'humus, des feuilles pourrissantes, de l'herbe. Les étoiles qui perçaient les nuages. Et vos corps, allongés dans le ventre froid de la terre. Serrés contre la peur à venir, la mort à venir. Vous étiez en avance sur les autres : prêts, couchés, en position d'attente, la fosse commune, vous y goûtiez, vivants, du bout des lèvres. Mais halte là. Les images ou les associations macabres qui surgissaient, je ne devais pas les entretenir. Oui, j'écrémais l'horreur, je refusais de succomber à ses excès.

Mes pensées ont dérivé vers ce message que tu avais envoyé à ton père, celui qui s'achevait ainsi : « Je vous aime tous les deux. » Nous t'aimons aussi ; ton père t'aime ; je t'aime.

Me relevant, m'asseyant sur le bord de ton matelas, j'ai pensé à tous ceux qui figuraient dans tes récits : je ne pouvais les exclure de ces pages.

Il y a des histoires qui doivent être racontées. Partagées. Exposées.

Santos le diplomate.

Influenceur sur les réseaux sociaux avant son engagement. Avait des dizaines de milliers de followers. Gagnait confortablement sa vie. Vêtements, cosmétiques, voyages, il assurait la promotion de toutes sortes de produits. Mais la futilité de son activité l'en a dégoûté. Impression d'être sali, avili. Sentiments de honte et d'insignifiance. Sensation effrayante de glisser dans des eaux noires et gluantes qui l'aspiraient vers le fond. Ce n'était pas le Puits du Hasard, il n'y avait pas les copains. Il étouffait dès le réveil. Le soir, il sentait venir la dégringolade, une chute vertigineuse et sans fin. La nuit, des cauchemars terrifiants le réveillaient. Il était juché sur un échafaudage, une grue, un toit, se trouvait au sommet d'un immeuble, le vent sifflait, rugissait, l'engin, le bâtiment tremblait, menaçait d'être emporté, de s'effondrer. Il se trouvait au centre d'une pièce encombrée d'objets de luxe qui glissaient des étagères, des présentoirs, les produits se ruaient sur lui, le recouvraient, s'entassaient, s'amoncelaient, ça n'en finissait pas de tomber, de l'ensevelir, il ne parvenait pas à s'extraire du chaos qui l'effaçait, il n'existait plus. Son mal-être, il te l'a décrit à peu près comme ça.

Continuer à s'infliger ça ? Du jour au lendemain, il a mis fin à son activité. A tout arrêté. Assez vite, il a recommencé à respirer librement, l'étau autour de ses poumons s'était desserré. Il t'a dit son soulagement immense ; tu m'as décrit son visage stupéfait quand il t'a parlé de sa délivrance...

Pourquoi le choix de l'Armée après cette épreuve ? Tu ne pouvais pas répondre pour Santos, bien entendu. Sa générosité et son empathie t'impressionnaient. Il vous remontait toujours le moral, comprenait les conflits naissants, les anticipait, les désamorçait avant l'escalade. Sensible à l'ambiance au sein de votre section, il la régulait, l'apaisait. Il tempérait les relations, les voulait saines et constructives. Santos rassurait, encourageait, se comportait en grand frère pour chacun d'entre vous. Il semblait incarner un modèle. Tu l'estimais beaucoup. Alors je l'estimais beaucoup aussi. Santos a empêché des bagarres d'éclater. Mais pas toutes.

Tu m'as raconté des couteaux brandis dans un dortoir, un gars qui sautait sur un lit, appliquait la lame contre une gorge, un cadre qui a surgi à la porte. S'ensuivit la rédaction d'un compte rendu, d'un rapport. L'assaillant avait été viré de l'Armée. La sanction n'avait pas traîné.

Le projet de vacances avec Fleur à la plage cet été, ça venait de Santos.

Chabot le chasseur. Ces dernières semaines, tu parlais moins de lui. J'essaie de me souvenir.

Un week-end, tu n'es pas rentré. Les gars et toi, en bande, vous êtes allés en boîte de nuit. Un inconnu a bousculé un engagé. Chabot a défendu le copain, le coup est parti à toute vitesse, le type s'est affalé, il saignait du visage, pissait le sang. Chabot a nié avoir frappé le type au sol, la flaque de sang n'avait rien à voir avec lui. Il était convaincant, les vigiles vous ont laissés partir. Chabot avait bu. Il avait l'alcool mauvais, tu l'admettais.

Chabot détenait des permis de port d'armes. Pas un unique permis mais plusieurs. Depuis qu'il avait treize ans, il chassait le sanglier avec son père. Il savait poser des pièges. De ceux qui se refermaient sur le gibier dans la forêt, qui broyaient la patte d'une bête.

Il t'a raconté les parties de chasse, les battues, les chiens excités, grondant, bavant, babines retroussées, découvrant leurs crocs. Leur pelage qui frissonnait sur leurs muscles bandés. Leurs oreilles en alerte. L'envie de tuer se lisait dans l'attitude des chiens. Les hommes la leur communiquaient. Les chiens ont été dressés pour ça, chasser, rabattre le gibier. Comme les soldats sont formés à faire la guerre. Cette lancinante réalité à laquelle autrefois je ne pensais pas *quotidiennement*. Elle ne m'effleurait pas.

Chabot savait relever les empreintes des sangliers, les identifier, savait traquer, se poster, tirer avec une carabine. Sa passion pour les armes en tout genre était dévorante. Lui et sa famille en possédaient un nombre déraisonnable. S'y ajoutaient les stocks extravagants de munitions. Je me représentais un jeune homme qui vivait au milieu d'un arsenal.

Cette même nuit, après l'incident à la boîte de nuit, vous avez pris un bus. Un passager vous a harangués, tu es intervenu, empêchant Chabot de frapper le passager aviné.

Pourtant ta confiance en Chabot se révélait absolue.

Chabot m'effrayait, je te l'ai dit. J'ai pourtant pensé que l'Armée serait peut-être le meilleur endroit pour lui, le lieu le plus sûr. En toute légalité, il pourrait utiliser des armes. Cadré, surveillé, il n'agirait que sur ordre. Sur l'écran de ton téléphone, Chabot était ce garçon mince de dix-huit ans à demi tourné vers toi, qui te souriait, l'air terriblement sympathique, debout, au milieu d'un dortoir.

Il y a Vernon. Déçu, lassé par son métier de mécanicien, il se réorientait aussi. Et sa copine, tu l'as rencontrée. Il avait insisté pour te la présenter – parce que, comme toi, elle parlait l'anglais ?

Tu as aussi rencontré la copine de Santos, Marina, prof d'espagnol aux jambes si minces, si longues. Une photo d'elle, en minijupe et en équilibre sur des talons aiguilles rouges d'au moins dix centimètres, attestait de l'exceptionnelle perfection de ses jambes. À son tour, Marina envisageait une reconversion, elle pensait à l'Armée. Comme son amoureux. Doutes, hésitations – elle a finalement rejeté cette option, elle a choisi la gendarmerie.

Vernon était méthodique, soigneux, calme. Plein de ressources. Organisé. Une bonne influence. Que dire de plus ? À l'entraînement, était-ce lui qui gagnait toutes les courses ? Qui obtenait les meilleurs chronos ? Qui semblait voler quand il sprintait ? Non, je m'embrouillais. Vernon martelait l'importance du rangement. Patiemment et concrètement. Pour réparer un moteur, il s'agissait d'être ordonné. Dans un garage automobile ou un atelier mécanique, on ne pouvait pas perdre son temps ni gaspiller son énergie à chercher un boulon, une vis, des clefs en tout genre. La productivité étant synonyme de rentabilité, le placement rigoureux des outils, le stockage méticuleux des pièces et de tous les produits nécessaires aux réparations étaient essentiels. Ça me revenait… est-ce que Vernon n'avait pas aussi été pompier volontaire ? N'était-ce pas lui qui avait effectué des maraudes auprès des sans-abri ? Sinon, lequel de tes camarades avait distribué des boissons chaudes, des plats cuisinés, des couvertures et des kits d'hygiène ? À Calais, ou à Roubaix – ou bien les deux ?

Ces portraits ont été délavés par le temps, ils sont déjà flous et enfouis sous l'empilement de tes histoires. Impossibles portraits : je crains de mélanger les gars, leurs situations, leurs copines. Erreurs et approximations sont inévitables. Je les aurais voulus plus beaux que de maigres résumés.

Sachez, messieurs, que mon fils a dressé de très généreux portraits, d'émouvants portraits de vous et de vos copines…

Alors qu'en ce moment même des hommes dont je ne sais rien, dont personne ne me fait le portrait dans mon salon, se battent et tuent. Mais je pense à eux, j'essaie de me représenter ce qu'ils vivent. Parce que toi et tes copains vous pourriez aussi le vivre.

Et je me souviens de la dernière information que ton père m'a transmise du front ukrainien. Un tank ukrainien était positionné à une dizaine de mètres d'une tranchée où étaient tapis des soldats russes. Il ne lui restait plus qu'un obus, un dernier obus, il était en panne de munitions. Le pilote l'a annoncé à ses supérieurs hiérarchiques. On lui a ordonné de tirer. Un soldat a tenté d'ajuster la position de la tourelle, l'angle de l'arme qui tirerait le dernier obus, un tir plongeant complexe à exécuter. L'ultime obus a été tiré, le soldat a raté sa cible. Il a informé sa hiérarchie de cet échec. La zone à défendre était critique, c'était la dernière étape vers une ville ukrainienne d'importance. Le pilote a demandé s'il avait l'autorisation de rouler sur l'ennemi, d'écraser les soldats russes au fond de la tranchée. Le tank s'est dirigé vers la tranchée, le tank a roulé sur les soldats en déroute, le tank les a écrabouillés, le tank a fait des va-et-vient dans la tranchée et sur les corps, des allers-retours sur la terre creusée et bouleversée, sur les hommes débusqués, il les aplatissait, je n'entends pas leurs cris, je n'entends pas les manœuvres acharnées du tank, impitoyablement menées par son pilote qui défendait sa patrie et les libertés de ses concitoyens.

Le tank laminant les hommes, ton père me l'a montré sur son téléphone. Les attaques sournoises et bourdonnantes de drones, il ne renâcle pas non plus à les visionner. Moi, je dis stop. « Le drone, aujourd'hui, c'est une belle opportunité. Son rapport coût-efficacité est très avantageux », a dit ton père, se prenant brièvement pour un général.

Loin de nous, la mort n'émet aucun bruit – pas un hurlement, pas un gémissement, pas un râle ne nous parvient. La mort lointaine, les autres peut-être pouvaient l'ignorer. Mais nous, nous ne le pouvions pas. Me regardant les yeux dans les yeux, ton père a dit :

– C'est une sacrée responsabilité qu'on lui donne en lui attribuant la Minimi. Il doit défendre ses camarades qui sont à l'avant. Il est leur appui arrière.

Un week-end, en ton absence, débordant d'inquiétude, j'ai décidé de laisser mes jambes me gouverner. Elles m'ont emmenée en promenade, d'une banlieue à l'autre, d'un pont à l'autre, le long du fleuve – la balade habituelle. Au bruit de mes pas réguliers sur le goudron, au rythme de mes foulées, j'oubliais et je tendais les yeux vers le ciel bleu et les arbres bourgeonnant. Je tordais mes pensées vers le printemps et la lumière, cueillais la beauté.

Ce samedi-là, mes jambes m'ont fait dévier de ma trajectoire deux fois. Elles m'ont d'abord forcée à traverser la route et emprunter l'escalier qui menait au chemin de halage en contrebas des quais. Longtemps, elles m'ont tenue là, à l'écart de l'agitation de la ville, assise sur une marche en ciment d'où j'ai contemplé la surface du fleuve d'un vert soupe, tirant sur un vert anglais (je préfère cette teinte velouté d'épinard à la variante boueuse thé au lait). Des péniches sont passées, je me suis imaginée à bord, elles m'ont transportée ailleurs.

Mes jambes ont ensuite repris la balade, déviant une seconde fois. Elles n'ont pas tourné à gauche vers le pont comme d'habitude, non, elles ont bifurqué à droite, vers le centre-ville de la banlieue voisine. Mes jambes et moi sommes entrées dans une librairie. J'ai examiné des piles de livres, lu des quatrièmes de couverture, quelques poèmes. Cette nuit-là, j'ai enfin dormi d'une traite, la première fois depuis longtemps.

Dimanche, mes jambes ont recommencé. Elles m'ont arrêtée au bord de l'eau. Où longuement j'ai contemplé les vagues. Couchée sur le ventre, l'herbe piquant la peau nue de mon abdomen grassouillet, j'ai vu dériver une plume, suivie d'une autre, quelques brindilles et feuilles, des îlots de mousse grisâtre. Tout cela flottait à la surface du fleuve, un bon mètre cinquante en contrebas du chemin, sous mon nez. Les mains sous mon menton, contre le dur rebord en ciment, les yeux juste au-dessus de l'eau, mon corps allongé barrant le chemin, mon corps collé à la terre, le spectacle de l'eau m'a absorbée, seule la paix du fleuve existait. Avec le clapotis des vagues et le vent dans les feuilles. Avec le chant des oiseaux et le silence des fourmis explorant le ciment râpeux de la digue. Le bourdonnement continu des voitures là-haut, les quatre voies de trafic, mes oreilles ont su l'ignorer. Ensuite, rêveuse, j'ai observé les corps flottants, ces filaments en suspension dans la gélatine de mes yeux, les empêchant de s'effondrer.

Sans me préoccuper du monde et de sa folie, rester allongée là, contre l'herbe et la terre, au bord de l'eau…

Mais il a bien fallu se relever. Me redressant gauchement, j'ai effrayé une femme penchée au-dessus de moi – je ne l'avais pas vue ! Aussi stupéfaite que moi, elle s'est écriée : « Pardon ! Je croyais que vous alliez mal, je suis allée chercher de l'aide ! »

Son épagneul, plus raisonnable, ne s'intéressait nullement à moi, il lorgnait les herbes hautes, on ne sait jamais ce qui pourrait s'y cacher, un lapin ? La femme s'est détournée, a désigné la silhouette d'un homme qui s'avançait vers nous, plus loin sur le chemin, sous les arbres, lui criant que c'était bon, j'allais bien ! Le type a ralenti, s'est immobilisé, nous a regardées un moment, hésitant, et puis il a pivoté, il est reparti d'où il venait.

La femme s'est justifiée : « Je me suis inquiétée pour vous, là, allongée au bord du fleuve. » Elle a répondu à mon interrogation muette : elle-même a fait un burn-out, une dépression, elle a songé au suicide. Alors, me voyant allongée au sol, elle a eu peur que je ne me jette à l'eau avec l'intention de me noyer !

Ma surprise, une autre fois, en rangeant ta chambre, redécouvrant tous les livres pour enfants que je te lisais autrefois ! Tu me redemandais les mêmes histoires, soir après soir. Des histoires de monstres et de dragons, d'ogres et de sorcières, de cauchemars et d'angoisses. Des histoires de pingouin victorieux, de taupe enquêtrice, de petite fille surprise par un tigre venant prendre le thé chez elle l'après-midi, de pluie de boulettes de viande à la sauce tomate. Des histoires de chien triste ou aventureux, de chat perdu ou d'agneaux fatigués qui doivent fermer les yeux et dormir parce que maman le dit. Des histoires de gorille derrière les barreaux, de girafe mauvaise danseuse, d'un rhinocéros détestant sa corne. Des histoires d'amour immense, plus grand que tout, plus grand que l'univers, d'amour pour toujours (entre un fils et sa mère – une famille de lapins). Beaucoup plus tard, je t'avais lu, le temps d'un voyage, des nouvelles de Dino Buzzati et de Jack London (une histoire de feu, de loups et de survie).

Rangeant encore aujourd'hui, je me souviens de ton dernier départ pour le régiment. Ton père et moi, nous t'avons accompagné jusqu'à la rue. Quant à moi, je suis restée en retrait – en chaussettes, sur le seuil de l'immeuble. Ton père, en baskets, a porté l'un de tes sacs jusqu'au taxi – et puis il a vite reculé sur le trottoir. Je me souviens de ton visage baissé, ému, de ton regard qui ne revenait pas vers nous – il t'était difficile de repartir ce jour-là.

Il me reste le souvenir de ton visage qui allait disparaître et le sourire attendri, fugace, du conducteur te regardant. Ce sourire compatissant – il m'a marquée et s'est gravé dans ma mémoire. Peut-être pensait-il, ce conducteur, à la guerre qui sépare et décime les familles partout à travers le monde, comment savoir.

Ton père s'informe. Se renseigne et se tourmente. Visionnant des reportages sur le conflit en Afghanistan et la déroute des armées étrangères. Écoutant les témoignages et les analyses de militaires blessés, meurtris en OPEX. Des récits glaçants – bouleversé, il vient m'en parler. Il recherche avec avidité les témoignages de militaires revenus du champ de bataille. Traque les déclarations de généraux, tranchants ou circonspects, interviewés par des journalistes. Émissions, reportages, documentaires : des archives trouvées en ligne – une exploration exhaustive. Ton régiment communique sur les réseaux sociaux : ton père consulte assidûment les informations postées.

Pendant que nous nous tourmentons, tu resplendis.

Samedi dernier (ou un autre, un samedi matin en tout cas), dans la rue, en chemin vers un bistrot ou un restau, nous avons croisé le médecin généraliste qui vous suit, toi et ton père, depuis vingt ans.

Devant la supérette de notre quartier, il t'a demandé comment ça se passait, à l'Armée. Tu as répondu posément, contenant ta joie. Réprimant un large sourire, l'homme aux cheveux grisonnants a observé que tu ne pouvais qu'aimer la douleur. Il n'était pas dupe, il t'a connu moins épanoui.

Tu aimerais la douleur ? Je n'y avais jamais songé…

Ta chambre vide. La porte de ta chambre ouverte sur ta voix manquante. Les volets ouverts, la lumière sur le parquet blond, les murs blancs, la grande armoire. Le fauteuil vide devant l'ordinateur éteint. La pièce rangée. Le silence de l'absence, jour après jour.

Nous patientons, nous attendons que tu nous fasses signe, que tu nous envoies un message, que tu rentres. Mais ce week-end tu ne rentreras pas, tu as appelé ton père, tu nous as prévenus. Tu restes au régiment parce que demain vous partirez tous ensemble, en autocar, vers une autre région, un autre camp militaire, y passer le dernier test, l'épreuve la plus dure et la plus longue de votre formation initiale, celle que tu attends avec impatience, le stage commando.

Ton père m'a dit que tu étais au zénith de la joie.

J'étais heureuse et horrifiée.

Ton père a souri : « Il a dit qu'il nous appellerait plus tard ce soir. »

Attendre ton appel. Attendre, attendre, attendre. Lire, lire, lire. Tu n'as pas appelé, je me suis dit que tu n'appellerais pas. Attendre quand même, attendre encore. Et renoncer. Épuisée de travail (quelle semaine au boulot !), épuisée d'attente déçue, je me suis couchée et endormie aussitôt.

Le lendemain matin, quand ton père s'est levé, il m'a découverte lisant au salon, sur l'irrésistible canapé (écrasé par quinze années de lecture). Me transmettant aussitôt ton message d'excuse : tu n'as pas rappelé parce que tu étais sorti avec les copains.

Ce week-end, je me suis affairée en pensant à toi. Ce week-end, j'ai lu pour ne pas penser à toi. Et je suis retournée au bord du fleuve, exactement une semaine après la rencontre avec l'inconnue et son épagneul.

À l'écart de l'escalier, comme samedi dernier, je me suis allongée par terre, barrant le chemin de mon corps. À plat ventre, j'ai contemplé l'eau verte ondulant doucement, sa surface poudreuse, ses vagues, leur scintillement. Les îlots de mousse sale qui dérivaient sous mes yeux. Comme elles étaient laides, ces bulles agglomérées ! Alors je les ai remplacées par des phrases ou des portions de phrases que j'ai lues dernièrement : elles flottaient, plus belles, à la surface de l'eau. Ces phrases et ces images sont sorties des livres, elles en ont eu la force, elles sont venues à mon secours. Chassant les îlots de mousse et mes pensées tristes.

Un matin, quand je t'ai demandé, mon fils, si tu ressentais une « ardeur guerrière », tu m'as demandé (et j'ai songé que tu bottais en touche mais n'en ai pas été certaine) :

– C'est quoi ?

Lorsque je t'ai posé cette question, tu tentais de démonter une balle de neuf millimètres sous la lampe à l'abat-jour crème, près de notre canapé (calamiteux) où je lisais. Agenouillé près de moi, tu en retirerais la pointe avec des ciseaux, m'expliquant que seule cette pointe entrait dans le corps de l'ennemi. Que la balle, tu l'avais trouvée dans le sable d'un pas de tir, et que tu en cherchais une depuis des semaines. Que tous, vous espériez recueillir une balle intacte :

– C'est comme un trèfle à quatre feuilles !

J'apprenais ainsi qu'à l'issue d'une séance de tirs vous ramassiez toutes les douilles, une tâche fastidieuse mais incontournable. Les douilles sont récupérées, traitées. Le métal fondu – du cuivre et du plomb, as-tu dit. Un processus de recyclage s'enclenchait dès la fin des exercices – qui l'eût cru !

Interrompant tes explications, je t'ai parlé des mémoires guerrières d'un écrivain espagnol, du récit qu'il a tiré de son service militaire, du titre de son livre, *Une ardeur guerrière* (dont je diffère sans cesse la lecture). Tu n'as montré strictement aucun intérêt ni pour ce livre ni pour son titre. Ton indifférence était radicale !

Tu as repris la parole, disant que la plupart des douilles sont déchiquetées. Celle-là, dont tu enlevais la pointe, était l'exception, elle avait dû rebondir contre quelque chose de mou. Seule la pointe pénètre les chairs, tu l'as précisé à nouveau en tenant le petit bout de métal entre ton index et ton pouce.

Cette balle que tu as démontée était la première balle intacte que tu recueillais, ton premier trèfle à quatre feuilles. Sinistre porte-bonheur…

Un autre week-end en ton absence.

En ville, passant devant la maison de retraite, ton père a confié : « Ma mère m'a manqué l'autre jour... » Sa mère morte sur une autre rive de la Méditerranée. Je me souviens qu'à l'approche de sa mort, l'été dernier, il craignait de s'effondrer. L'effondrement ne s'était pas produit à la mort de ta grand-mère paternelle. Que tu connaissais si peu. À laquelle nous avons si rarement rendu visite. Elle s'était doucement effacée de nos vies, les liens s'étaient lentement dénoués...

Nous sommes rentrés. Ton père s'est douché. De la salle de bains, je l'ai entendu s'exclamer :

– Mon Dieu, comme mon fils me manque !

Encore sous l'eau, il m'a interpellée :

– Comment font les parents qui ont beaucoup d'enfants ? Ceux qui ont douze enfants, comment ils font ? Ils sont douze fois plus tristes que moi ? Même ceux qui en ont moins, comment ils font ? Comment font même les pères qui ont juste trois fils ?

Tout à l'heure au bistrot, lisant le fil de l'actualité sur son téléphone, ton père a appris que les Ukrainiens ont abattu un missile hypersonique russe, réputé indestructible, grâce au Patriot, un missile sol-air combiné à l'un des radars les plus performants au monde. Matériel militaire américain nouvellement livré. Voilà : nous ne pouvions plus dissocier ta vie présente de la guerre.

Souvent, je n'en peux plus, je n'arrive plus à ouvrir mon ordinateur et ce document. Je m'absente un moment, vais à la fenêtre ou vais marcher pour respirer et pleurer. Je m'absorbe dans mes activités. Mon métier m'absorbe. Les engagements qui en découlent m'absorbent. La lecture m'absorbe. Et puis je reprends mon témoignage, ma plaidoirie en faveur de la paix.

Le lendemain matin, de nouveau la première levée, c'est dans ta chambre que je me suis rendue, avec mon café. Je me suis allongée sur ton lit, sur ta couette, et j'ai lu. Le café brûlant était posé (dans une tasse orange) sur le tabouret en bois brut qui fait office de table basse entre ton lit et ton armoire. Quand ton père s'est levé, à peine surpris de me trouver là, il m'a transmis les dernières nouvelles :

– Hier soir, très tard, tu dormais, il nous a envoyé une vidéo. On y voit un gars bourré.

Tu as filmé un engagé se soûlant ? Qu'est-ce que ça voulait dire, qu'est-ce que tu voulais nous dire ? J'ai demandé à ton père qui a répondu : « Il y a des gars qui ont dû avoir des vies tellement horribles qu'ils ont très peu de perspectives. Ces gars, il ne leur reste plus que l'Armée pour ne pas sombrer. » L'homme s'appelle Tagawa, j'ai omis de brosser son portrait.

La vidéo ne durait que quelques secondes. Assis par terre, en T-shirt orange, chaussettes blanches, short et baskets noires, Tagawa buvait au goulot, il aspirait les dernières gouttes d'une bouteille de whisky. Ses gestes n'étaient plus que des ébauches de mouvements excessivement ralentis. Il marmonnait des propos confus. On entendait sa voix, son élocution alcoolisée. Tagawa, le gars le plus fort de la compagnie. Tahitien. Dont j'avais commencé le portrait parmi une série restée inaboutie.

L'évadé Brière n'a même pas hérité d'un portrait. Et puis le caporal-chef Rollins aurait mérité (ou mériterait encore) un meilleur traitement de ma part. Mais, à ma décharge, je ne suis qu'une travailleuse sociale, brouillonne et lézardée. Qui a aussi le souci que l'on ne reconnaisse pas ces individus, galerie de personnages honorables – ou truculents.

Où en étais-je ?

Le nom du Polynésien revenait régulièrement dans tes récits. Tu racontais sa force, ses exploits. Sa situation familiale t'avait ému. Père, il envoyait la majeure partie de sa solde à la mère de ses deux enfants, restée sur l'île (enchanteresse, maudite), où elle les élevait – seule. Les copains là-bas de Tagawa venaient de lui apprendre via Skype que sa femme l'avait trompé.

Ton père a brutalement changé de sujet, il s'est emporté contre la réforme du lycée professionnel. Très critique, il me l'a résumée (plus de stages, moins de cours), concluant : « Ça ne s'arrange pas pour les pauvres, les classes défavorisées, ça ne s'arrange pas pour les Noirs et les Arabes. » Indigné, le visage gris, les mâchoires tendues, ton père est retourné dans son bureau.

Allongée sur ton lit, triste, si triste, je suis retournée au roman, une histoire d'ours, une satire loufoque où un palmipède devient écrivain à succès : je m'esclaffais – mon rire exaspérait ton père.

Dans la soirée, une nouvelle photo. Ton père m'a appelée, je me suis précipitée dans son bureau. Il a incliné son téléphone vers moi. Nous avons vu un dortoir avec ses lits superposés, des lits métalliques à la peinture écaillée. Au fond de la pièce, tous vos sacs à dos militaires kaki s'entassaient les uns sur les autres. La photo est prise depuis ton lit. Au premier plan apparaissait une couverture, pliée sur un matelas, elle n'était pas de couleur kaki, mais bleue, ça semblait incongru tant on s'attendait au kaki. Ton père t'a réclamé un selfie, tu as obtempéré, j'ai scruté ton visage. Comme tu as changé, en quelques mois seulement ! Comme ton visage s'est affiné ! Comme tu sembles endurci ! Comme tu as l'air fatigué !

Comme tu as l'air ravi, malgré tes cernes !

Je suis retournée au salon pendant que toi et ton père échangiez des messages. Bientôt, par la voix de ton père, j'ai appris que quatre autres gars avaient abandonné ou déserté. Ton père me l'a annoncé depuis son bureau, élevant la voix. Et puis il m'a appelée à nouveau : je me suis arrachée du canapé déchu (où je lisais). Je suis allée auprès de lui, dans cet espace exigu, à peine une pièce, regorgeant de matériel informatique en tout genre, aux étagères surchargées et poussiéreuses.

Il m'a montré une nouvelle série de photos et de vidéos. On découvrait un fort au bord de la mer, au coucher du soleil – un ciel incandescent. On découvrait les vagues se fracassant contre les rochers ; plus loin : une plage. On découvrait des fortifications imposantes, un bâtiment austère. On entendait le grondement de la mer, le souffle du vent. Tu nous as appris que les cadres, bientôt, vous retireraient les téléphones, alors, vite, tu nous as envoyé une série de portraits : toi et Fleur, toi et Santos, toi et Vernon. Et vous quatre, ensemble, en treillis contre le rose du ciel derrière vous. Sur chacune d'elles, tu souriais tandis que le soleil glissait dans la mer. Vous souriiez, vous aviez l'air heureux.

De retour au salon, tordue sur le canapé (qui fut douillet), mon ordinateur posé sur mes jambes, j'ai fait défiler à l'écran les photos du fort stockées en ligne. J'ai visionné quelques vidéos informatives ou promotionnelles tournées et montées par l'Armée. Dans le sable de la plage, en treillis, des hommes et des femmes rampaient, sur le ventre et sur le dos ; ils et elles se jetaient à la mer par dizaines, se bousculaient et s'amusaient. Ça grimpait, ça escaladait, ça franchissait les murs de toutes sortes de manières. Les images étaient anciennes, vieillies, c'était avant, un temps révolu, c'était presque au temps de la paix. C'était avant qu'à ton tour tu ne portes l'uniforme. C'était avant la guerre en Ukraine.

L'angoisse m'a étreinte, m'a étouffée, je me suis levée, je me suis enfuie, mes jambes m'ont emmenée dans la nuit clignotante et vrombissante de notre banlieue. Elles étaient décidées, elles se sentaient conquérantes, le goudron était un tapis de velours noir. Mes jambes ignoraient les quais détrempés, les flaques sombres et miroitantes. Elles se fichaient des voitures qui fonçaient, freinaient, des pneus qui chuintaient sur l'asphalte mouillé. Je marchais, vite. Fuir, avancer, arriver au pont. Essoufflée, je me suis penchée sur la rambarde de fer humide, j'ai reniflé l'odeur de rouille, j'ai concentré toute mon attention sur le fleuve, j'ai laissé le courant noir et scintillant emporter mes pensées anxieuses, elles ont tourbillonné, lentement, à la surface de l'eau qui les a englouties.

Sur le chemin du retour, j'ai croisé une péniche, stationnée dans un des bassins de l'écluse. Je me suis arrêtée, j'ai regardé le niveau de l'eau augmenter en bouillonnant autour de la barge, l'écume un peu verte, quasi phosphorescente sous le lampadaire. Ce bouillonnement, c'était moi, il y a quelques minutes encore, mais c'était passé. J'ai observé le marinier debout à l'intérieur de la cabine faiblement éclairée, un homme jeune aux épaules déjà voûtées, son visage las était baissé vers l'écran de son téléphone. Et je suis repartie, vite comme une balle qui roule, droit devant, sûre de sa trajectoire, peut-être une balle de golf en direction de son trou.

Non, il n'y avait pas de trou, juste le hall de notre immeuble, vide mais illuminé, quelqu'un venait d'entrer ou de sortir. Quelques mètres, quelques secondes et j'étais devant notre appartement, j'enfonçais et tournais la clef dans la serrure, poussais la porte d'entrée. Mes chaussures n'étaient pas encore ôtées que déjà ton père, depuis son bureau, le visage tourné vers moi, disait :

– Il me manque, tu sais.

Oui, tu nous manques. Pourtant, en décembre, nous pensions que nous ne te reverrions pas pendant six mois. Et voilà que les permissions se sont multipliées et tu es rentré en dépit des quatre heures de train, et puis le métro et le bus, en dépit des cinq heures de voyage, à l'aller, au retour. Un long voyage cahoteux pour retrouver ta chambre, ton cocon. Nous retrouver et nous ramener tes histoires somptueuses, affreuses.

Quand l'Armée prend un enfant à ses parents, la séparation se double d'une atroce inquiétude. On se débat avec une peur poisseuse qui entortille ses longs tentacules autour de ses proies : ils s'enroulent autour de nos organes, de nos muscles, ils serrent notre gorge, notre cœur, tordent nos intestins. Les tentacules compriment nos articulations, menacent notre squelette. La peur contamine notre sang, contamine nos esprits. On se débat contre les funestes ventouses qui collent à nos pensées, celles que l'on n'ose pas prononcer à voix haute. Des questions et des angoisses redoutables : serez-vous envoyés au front ? Rentrerez-vous indemnes ? Qui sera blessé ? qui légèrement et qui gravement ? Qui ne rentrera pas ? Quand désirerons-nous la paix plus que la guerre ?

Je refuse d'être terrassée par le souci, je voudrais lui claquer la porte au nez, à ce souci monstrueux et obsédant. Contre lequel se dresse l'écriture. Elle barricade, je résiste. Au salon, je nous écris et tu es là, au bout de mes doigts sur le clavier et à l'écran – tout ce qu'il y a de plus vivant. La terreur est presque vaincue.

Tu rentres, tu repars, l'attente recommence. Mais l'attente n'occupe pas toute la place. Je fais en sorte que cela ne se produise pas : je lis, sors, me promène, vois des gens, parle avec eux, les écoute.

Ton père, lui, organise sa résistance depuis son bureau hyper connecté, suréquipé en câbles, claviers, écrans, casques, microphones, bras articulés, souris avec ou sans fil, disques durs, routeurs, mixeurs, boîtiers et panneaux, cartes et clefs. Le matériel se présente en simples, doubles, triples exemplaires et plus ; on ne jette pas, on accumule, on consolide, on renouvelle, on *upgrade*.

Et puis tu es rentré du stage commando au bord de la mer.

Trois grosses piles de linge sale sont déposées dans la salle de bains, devant la machine à laver. Sans trop tarder, j'enchaîne les machines. Une première fournée humide et sablonneuse est rincée dans le lavabo et enfoncée dans le tambour. Odeur rance de sueur. Odeur sauvage de pluie, de mer. Odeur âcre de boue et de pierre. C'est ce que tu as raconté, la pluie, la sueur, la mer, la boue, les remparts en pierre. J'ai ce goût pierreux dans la bouche.

Lavé, le linge est suspendu sur l'étendoir. Deuxième machine, troisième machine. Manque de place. Les treillis ornaient les portes, le dossier de plusieurs chaises, le sommet de l'escabeau ! Tu repartais dans deux jours, il fallait tout laver samedi matin. Ton père, jaillissant de son antre, s'est exclamé : « On part en guerre ? »

Cernée de kaki, j'ai ri jaune de son humour noir.

L'appartement puait l'humidité, on aurait préféré une franche odeur de mer à celle de ces uniformes maudits. Je m'en ficherais, je suis sortie, j'avais commandé des livres à la librairie de la banlieue d'à côté. Hop ! J'étais dehors, marchant le long de la piste cyclable, sous les arbres qui verdissent. Douceur de l'air, douceur du vent, douceur du bleu là-haut. Bouquets de fleurs roses dans les arbres plantés devant la librairie. Assise à la terrasse d'un bistrot où Amy Winehouse chantait *Love Is a Losing Game*, j'ai savouré le mois de mai.

Cinq mois étaient donc passés depuis ce matin froid et brumeux où tu avais embarqué dans ce train qui t'emmenait vers ton régiment. *More than I could stand.*

And now, the final frame.

Au retour, j'ai rejoint le chemin de halage, me suis serrée contre le fleuve. À la place que je me suis trouvée depuis les beaux jours, à laquelle je retournerais, je me suis allongée par terre, à plat ventre, perpendiculaire au fleuve, la tête au-dessus de l'eau verte que j'ai contemplée. J'ai écouté le bruissement des feuilles d'arbre derrière moi, consciente de la flore qui bourgeonnait et fleurissait, s'étirait et montait en graine. De la faune qui remuait et palpitait, rampait et volait, gazouillait et chantait, jacassait et roucoulait. En face, sur l'autre rive, les peupliers et leurs feuilles vrillaient doucement dans les bourrasques, des torsions argentées, scintillantes. On aurait dit qu'elles dansaient.

Tout à coup, on m'a interpellée. Sans l'avoir vu de près, je reconnaissais la silhouette de l'homme appelé pour me sauver du suicide par la femme à l'épagneul. Il m'a demandé :

– Ça va, madame ? Faut pas tomber à l'eau, hein ? L'hiver dernier, je suis tombé à l'eau. Heureusement, le fleuve était haut, j'ai pu remonter sur la berge. Sinon, je serais mort aujourd'hui. Faut pas tomber à l'eau, hein ?

Qui était cet homme ? Qui était la femme ? Eux qui ont frôlé la mort, ici même ou tout près, qui ont cru que je la frôlais, qui ne savaient pas que c'est mon fils qu'elle approchera.

Love is a fate resigned.

Tu es rentré à six heures et demie du matin du stage commando. Lorsque vous avez été libérés, que votre quartier libre a enfin débuté, le dernier train du soir, au départ de la ville du régiment, était parti depuis longtemps, alors peu avant minuit tu as pris un autocar.

À six heures du matin, samedi, ton retour est fracassant !

On a émergé du sommeil, abasourdis, on a chancelé jusqu'au salon, jusqu'au canapé exténué qui soupire et grince quand on s'y laisse tomber. Et les histoires ont commencé. Nous écoutions tandis que tu remuais sur le fauteuil gris, près de la bibliothèque impavide. Tu illustrais tes anecdotes de courtes vidéos réalisées à notre intention. Nous les regardions, curieux et attentifs. Voici la plaie de Tagawa. Horrible et profonde. Elle empestait. Tu as dit :

– On nous a demandé si on avait des blessures qu'on cachait. Alors Tagawa a soulevé son treillis et a montré son mollet. Qu'est-ce qu'elle schlinguait, sa plaie !

Tu t'es pincé le nez, as détourné ton visage grimaçant, ton visage dégoûté, vers les livres qui t'indiffèrent – j'ai pensé que tu ne les voyais pas, ils n'étaient que décor pour toi, pas une raison de vivre. Tu as expliqué :

– Il avait pris un coup de bâton, il y avait juste un petit truc, une petite écorchure, mais il l'a ignorée, et ça s'est infecté.

La plaie était atroce, creusée, elle ne pouvait pas être seulement « une petite écorchure » : c'était une entaille profonde, qui a été ignorée. Longtemps, trop longtemps. Tu as confirmé la gravité de la situation :

– Tagawa a été évacué à l'hôpital, le matin. Il est revenu le soir. On lui a administré des antibiotiques en intraveineuse. Il ne pourra plus participer aux entraînements physiques, il doit attendre la cicatrisation.

Sans transition, avec gêne et fierté mêlées, tu as décrit ta première cuite, avec beaucoup de détails, comme celui-ci : un camarade t'a ramené au régiment sur ses épaules, tu t'es comparé à un sac de ciment (porté par un ouvrier dévoué). Tu t'es amusé de notre réprobation mal déguisée, nous qui songions encore à la plaie fétide et certainement très douloureuse de Tagawa.

Incroyablement (car ça me paraît incroyable), les six premiers mois de la formation initiale arrivaient à leur terme :

– Il me reste à peine trois semaines !

Ta joie en le soulignant ! Et juste avant de disparaître dans ta chambre, désormais rangée, nettoyée, dépoussiérée, tu as balancé, nonchalant :

– Et ce sera l'OPEX en Ukraine !

Les yeux de ton père quand tu as lâché ça, sur ce ton, l'air de rien. Le regard qu'il m'a glissé – toute cette angoisse.

Je suis allée à la fenêtre entrouverte. Le chat était perché sur une poubelle jaune de la cour intérieure, comme une sculpture sur son socle. Ses yeux dorés, interrogateurs étaient tournés vers moi : ils m'examinaient, m'inspectaient. Je devais l'attendrir car le roux a bondi de son perchoir, a traversé la cour en trombe, a sauté sur le rebord de la fenêtre puis sur le parquet du salon, il a frotté sa tête et ses flancs contre mes jambes en miaulant, en ronronnant. Puis demi-tour, il s'est élancé dehors d'un bond ; la flèche rousse a filé vers la stèle jaune ; la pitié, c'était fini.

Je me suis raisonnée, tu n'étais pas assez expérimenté pour qu'on t'envoie à la guerre à l'issue de ces six mois, tu devais chercher à nous provoquer, avec ton OPEX en Ukraine. Mais ça viendrait peut-être, certainement, l'envoi sur le champ de bataille…

Plus tard, tu as reparlé de Tagawa. Après avoir appris que sa femme le trompait, il s'est soûlé deux soirs de suite, il a bu jusqu'à en perdre conscience. Tagawa, père à distance, te touchait beaucoup. Lui ne pouvait pas rentrer les week-ends. Tu le plaignais.

Tu as perdu quatorze kilos : l'Armée te sculpte un corps d'athlète. Un jour, sans doute, elle l'abîmera.

Je regardais tes mains brunies, amincies, à la peau dure, calleuse, tes doigts rendus noueux. Tes mains égratignées ne m'étaient plus familières, c'étaient les mains d'un autre, d'un étranger, celui que tu deviens, que tu es devenu. Tes mains couvertes de plaies symétriques ont été blessées par les cordes que tu as nouées, serrées, enroulées, déroulées, grimpées, descendues. Cordes qui ont frotté, râpé, écorché ta peau. Pendant le stage commando : murs, remparts et falaises escaladés et dévalés, de jour comme de nuit. Tu nous as parlé des privations. De la faim encore, on vous privait toujours, c'était l'aguerrissement, il durait depuis des mois. Et désormais les rations de terrain, les mêmes invariablement, vous répugnaient. La saucisse rougail t'écœurait autant que le saumon au riz citronné. Les granules de boisson chocolatée, tu ne les diluais plus, tu les avalais à sec. Démonstration sous nos yeux : tu as porté un sachet invisible à tes lèvres ouvertes; basculant la tête en arrière, tu as vidé le contenu dans ton gosier. *Glou glou glou,* on a eu droit à l'onomatopée. Ça va plus vite, as-tu dit. Les barres protéinées, tu tiens grâce à elles, dis-tu encore. Et tu es revenu sur l'entraînement « sportif », expliquant les nœuds, l'autobloquant, les exercices de rappel, les parois humides, glissantes, froides. Les franchissements éprouvants, dans le noir, avec le lourd sac à dos pesant, tirant sur les épaules. Vous étiez privés de repos. Tu as insisté sur le manque de sommeil, les symptômes qui allaient avec. Tu as décrit ce que tu as appelé des hallucinations. Des impressions bizarres, une vision floue. La concentration altérée. Ton incapacité à compter jusqu'à dix. Tes phrases inachevées, la parole qui s'épuisait à cause de la fatigue. Vos efforts pour masquer ou surmonter l'épuisement.

Durant ce stage, vous avez appris à dompter votre appréhension du vide – mais pas tous. Un des gars, Leduc, n'a pas pu. Du sommet d'un mur, il devait se jeter sur une plateforme. Le vide s'ouvrait devant lui, il s'est mis à trembler. Les cadres l'ont encouragé, à leur façon, un mélange de soutien et de menace, d'empathie et d'humiliation. Il n'a pas sauté, il est resté cloué sur place. À ce test, il a échoué. Pas toi, tu as évoqué ton plaisir à te lancer au-dessus du vide, tu as mimé ton saut, souple, agile, au milieu du salon et c'est comme si je t'y voyais, avec le vent et la pluie tourbillonnante, dans la nuit, les vagues effervescentes éclaboussant les rochers en contrebas du fort.

Et tu es reparti au régiment avec tes treillis à peine, ou tout juste secs.

Cette fois, le taxi qui s'est garé dans notre rue pour t'emmener à la gare était conduit par une femme au visage austère. En chaussettes encore, sur le seuil de l'immeuble, je guettais son sourire : il n'y en aurait pas. Assis à l'arrière du véhicule, tu regardais droit devant toi, les sourcils froncés, les traits sévères, tendus. Tu ne t'es pas retourné vers nous. Ton père suivait des yeux la voiture silencieuse qui s'éloignait, la mine grave.

Dès l'instant où tu repars, tu nous manques. Ton éloignement, ton absence creuse un trou si grand dans le cœur de ton père qu'il rêve d'un déménagement qui nous rapprocherait de toi et de ton régiment. Il nous a parlé de son projet, nous l'avons écouté, toi et moi, un peu incrédules. Parfois, ton père se moque de son idée de déménagement, il la juge excessive, mais quand il se rétracte, il n'est pas très convaincant.

Je ne veux pas déménager. Tu as grandi entre ces murs. Qui me contiennent autant qu'ils contiennent mes souvenirs. Je veux rester ici, dans l'enfilade des pièces sombres de cet appartement. On croit qu'on les choisit, nos lieux, mais peut-être que ce sont les lieux qui nous choisissent. Que nous devons écouter les endroits qui nous retiennent, comme ceux qui nous repoussent.

Avant de retourner au régiment, tu pensais te rendre chez un coiffeur, mais aucun n'était ouvert, ce dimanche. Tu seras tondu à la caserne. Un engagé en a fait son business, il vous rase pour cinq ou dix euros (j'ai un doute sur le tarif exact). Toi, tu préfères les salons confortables et les manières douces de notre banlieue, les miroirs et les lotions. Ou parfois, la tendresse de ton père. Puisque de temps à autre, tu le laisses te raser les cheveux.

Chacun à sa façon, on tâtonne avec les au revoir. L'écriture est ma façon. T'écrivant, nous écrivant, je nous retiens ensemble et le monde ne se fracture pas. Entre deux départs, l'écriture prolonge ta présence, l'intensifie. Elle nous réunit par-delà l'absence, elle la reconfigure, il n'y a plus d'au revoir avec elle, je peux décider de croire cela.

Tu es revenu un jeudi matin à l'aube (jeudi de l'Ascension, de cette date, je suis sûre). Second retour en autocar, une aventure. L'attente à l'abribus, la nuit. Tu t'es assis par terre, sans même retirer ton sac à dos, dans le noir. Trop épuisé pour t'éloigner de la poubelle, tu t'es assoupi près des ordures. Jusqu'à ce que des bruissements ou des piétinements te dérangent. Ouvrant un œil, tu as aperçu les rats, une horde de rats qui avançait vers la poubelle. Tu en as profité pour analyser leurs mouvements. Leurs stratégies d'approche et de retrait ou de fuite s'apparentaient à des stratégies militaires, as-tu décrété. Sourire malicieux. Amusé de cette petite aventure, tu m'as montré le gros rat filmé avec ton portable. Il détalait, tu te marrais.

Ton retour était un retour au noir. Rideaux tirés, tu as exclu de ta chambre le chaud soleil du mois de mai. Ton nid sombre et douillet, oh ! comme tu l'appréciais. Mais le jour tamisé qui filtrait à travers les rideaux, c'était encore trop de clarté, les volets rouillés ont été fermés !

Tu as laissé la porte de ta chambre entrouverte alors, du salon je t'entendais jouer, discuter avec tes copains. Mais je devais m'extraire de ce fichu canapé, lâcher ce qui me retenait là, ta présence vibrante, ta voix, tes cris, tes éclats de rire. Je devais bouger, l'ankylose guettait. Si je ne sortais pas, ma carcasse m'en voudrait !

À mon retour de promenade, j'ai ouvert ma boîte mail et j'ai découvert la photo d'une banderole repérée lors d'une manif' contre la réforme des retraites. Quand je t'ai montré, à l'écran, le drap bariolé et son slogan percutant, tu l'as balayé, ignoré, tu m'as rappelé qu'un militaire du rang pouvait prétendre à la retraite au bout de dix-neuf ans de service. D'ailleurs, froidement réaliste, tu anticipais le déclin de tes forces et mûrissais ton orientation future au sein de l'Armée (si tu n'intégrais pas la gendarmerie).

Ce matin férié, nous avons encore parlé de la guerre ensemble, tu la juges absurde mais elle existe, alors tu t'es moqué d'elle. Et tout autant de la posture dérisoirement héroïque du soldat :

– Franchement, avoir à se planquer dans un buisson pour éviter les balles qui sifflent à ses oreilles, *ffui ffui ffui*, c'est pas une situation intelligente dans laquelle se trouver !

J'écarquillais les yeux, tu enfonçais le clou :

– Qu'est-ce que tu veux faire contre un char Terminator qui te pulvérise ?!

Mes yeux s'élargissaient, t'encourageant (évidemment) à poursuivre dans la même veine :

– Tu te souviens pas ?! Je t'en ai parlé pourtant ! Je t'ai montré des vidéos de ces chars russes ! Le Terminator, c'est celui qui détruit le bus ! Étape par étape ! Jusqu'à l'explosion finale ! Tu te souviens maintenant ?!

Mon regard horrifié te réjouissant, tu as surenchéri, tu m'as bombardée de détails :

– Ils sont équipés de quatre lanceurs de missiles antichars, de deux lance-grenades, d'une mitrailleuse et d'un canon de 30 mm. Et puis ils roulent jusqu'à 65 km/h ! C'est rapide pour un gros tas de ferraille, non ?!

Ah oui, ça me revenait, oui, je me souvenais, de la fumée, des étincelles, des vitres qui explosaient, de l'habitacle saccagé, de la porte arrachée qui pendouillait, de la désintégration finale. Et la caméra à bord qui enregistrait les stades successifs de la destruction. Petite peste effrontée, tu aimes m'effrayer, m'inquiéter, me tourmenter. Ta grimace moqueuse le confirmait. Tu as conclu (tu ne l'as pas formulé tout à fait ainsi mais presque) :

– Ce char ôte toute lueur d'espoir au soldat embusqué derrière son buisson.

Montrant tes plaies sur tes mains, tu appuyais là où ça faisait mal :

– Mes talents de grimpeur de corde ne me seront d'aucun secours derrière mon buisson russe !

Tu jubiles, parfois, de me terroriser. Tu jubiles, parfois, de me contraindre au silence. Je crois comprendre que c'est ta manière de m'éprouver. Et je l'accepte.

À la terrasse d'un café, le soleil brillait sur les cuillères. Et je contemplais les grains de sucre ensoleillés, éparpillés sur la table. Tu nous racontais ta soirée de la veille, passée en compagnie de Ludo. Ton copain de lycée t'avait emmené à l'anniversaire d'un camarade de sa classe. Tous les invités fréquentaient la même école d'ingénieurs. Ça parlait projets et carrières. Des conversations remplies de vide, selon toi. Quand un étudiant, apprenant que tu serais bientôt soldat, s'était exclamé : « Oh ! merci pour ce que vous faites pour la France ! Pour que nous, on vive et travaille en paix ! », tu as rétorqué :

– Je ne fais pas ça pour la France. Ni pour que vous puissiez vivre et travailler en paix. Je m'en fous de vous. Comme vous vous en foutez de moi.

Ludo a remarqué que tu ne te retenais plus : tu disais très haut ce que tu pensais très fort. « Tu détonnes », a observé Ludo. Il t'aurait reproché d'être trop sincère. Tu lui aurais répondu que tu n'avais plus de patience pour les courtoisies mensongères.

Tes yeux pétillaient, tu étais content de ton effet. J'étais contente de l'effet du soleil qui brillait sur la soucoupe. L'air scintillait aussi. Ton père était satisfait de l'effet de la caféine, elle le réveillait. Paix triomphale et ciel limpide en terrasse, nous souriions, heureux.

Et si, en définitive, l'apocalypse ne se produisait pas ? Si la fin des temps venait des siècles après nous ?

– Et si la fin du monde n'arrive qu'après moi ou jamais, tant pis, tant mieux, j'aurai vécu !

Tu as dégoupillé ta remarque au milieu du salon, quelques heures plus tard, un brin dédaigneux, me regardant de haut, me toisant, moi dérivant dans ma barque. Un sourire impertinent flottait sur ton visage.

Dans ta vision postapocalyptique subsisteraient des panneaux solaires et des générateurs. Des musées et des bibliothèques vers lesquels tu me conduirais. En Griffon ou en GBC ?

Véhicule pour lequel tu aurais opportunément conservé quelques jerricans d'essence…

Tu es reparti. Et je m'aperçois que ces derniers week-ends j'ai pris moins de notes, omettant de consigner les rebondissements les plus saisissants des dernières semaines, comme les deux épisodes d'épuisement et de tremblements qui ont obligé Fleur au repos. Après un bilan réalisé à l'hôpital, le diagnostic a été posé. Déshydratée, elle a souffert d'une insuffisance rénale aiguë transitoire. Elle a été perfusée et réhydratée en urgence. Elle n'a pas obtenu son brevet « initiation commando ».

Omis, l'épisode où le futur aumônier est resté au fond de la fosse lors de l'ultime parcours d'obstacles : il ne partira pas en OPEX.

Omis aussi, l'épisode de la mutation de Gelins qui s'est confirmée (à moins qu'il ne revienne sur sa décision ?). Tu ne le regretteras pas : en l'absence de Rollins, sans la présence ou surveillance de celui-ci, sa dureté a pris le dessus. Ainsi j'apprends qu'il n'était pas l'homme irréprochable que tu croyais. Récemment, sa violence l'a débordé, il t'a donné des coups de poing au visage, tu lui en veux. S'il s'en va, bon débarras.

J'ai tu ce commerce auquel s'adonnaient Gelins et certains cadres en vue de compléter leurs revenus : la revente de petit matériel militaire. Rollins n'a jamais été impliqué dans de tels trafics.

Ton jugement concernant un cadre dont je ne t'avais pas encore entendu parler, caporal-chef Dollet, était sans appel, il n'était rien d'autre qu'un tyran. Une brute qui a tenté de passer à tabac un engagé. Il avait entraîné le gars un peu maigrichon dans un dortoir inoccupé, espérant se défouler sur sa victime. Mais vous les avez suivis, et lorsque vous vous êtes interposés entre les deux, lorsque vous avez entouré le tyran, protégeant votre copain, d'autres cadres ont surgi, vous ordonnant de quitter le dortoir. Ils ont raisonné Dollet. L'ont calmé. Ils étaient une demi-douzaine. Vous avez écouté aux portes.

Je n'ai pas suffisamment insisté non plus sur le moment crucial où Rollins a demandé solennellement aux gars de signaler toute blessure dissimulée. Toute douleur passée sous silence. Cet homme vertueux a exigé l'aveu salvateur. Anticipant les conséquences délétères de l'intrépidité. De l'idéal de vaillance. Qui pouvait coûter très cher. La rumeur courait : Tagawa avait risqué l'amputation. Le destin de sa jambe se serait joué à quelques jours. L'odeur infecte, nauséabonde émanant de son mollet aurait dû vous alerter. Vous aviez dû la sentir, non ? Et l'auréole de peau violette autour de la plaie (un trou !) aurait dû vous alarmer. Mais l'aviez-vous vue avant l'aveu ? La cavité, tu me l'as montrée sur l'écran de ton téléphone. Sa puanteur, je l'ai reniflée sur ton visage qui grimaçait de dégoût. À l'origine du cratère, une branche. Car c'est une branche qui a entaillé le muscle de Tagawa. Ensuite son stoïcisme et sa peur de l'exclusion ont creusé la plaie, aggravé l'infection. Sa bravoure déplacée et stupide, votre bravoure à tous, déplacée et stupide. Stupidité, naïveté ou inconscience, je ne sais pas, mais votre silence solidaire a sérieusement desservi votre camarade. Heureusement que l'ange a exigé l'aveu.

Le ramassage continue : pompes, burpees, planches, courses, sprints. Et les tâches inutiles et dénuées de sens. Les exercices humiliants ou éreintants. Jusqu'au bout.

Le plus dur aura été de transbahuter ce tronc, froid et visqueux, à plusieurs, quand vous étiez en forêt, sur le terrain, en février ou mars. Tu es revenu là-dessus. Tu l'as redit, c'était trop. Vous deviez le déplacer de-ci, de-là, on vous faisait aller et venir, avancer et reculer, avec cette charge en équilibre sur vos épaules. Pendant des kilomètres, vous deviez coordonner vos efforts, tenir fermement le bloc de bois qui roulait ou qui menaçait de rouler, de tomber sur des gars. Fatigués et furieux, vous l'agrippiez sur le terrain inégal, caillouteux, tandis que vos bottes dérapaient sur les feuilles pourries qui recouvraient le sentier rendu glissant. Et vous aviez si faim.

Des déserteurs auraient dénoncé les mauvais traitements et porté plainte contre des cadres.

L'épisode de l'accident, de la tragédie évitée, j'ai failli l'omettre...

Rollins ordonne la vérification des FAMAS. La chambre de l'arme doit être vide, c'est la procédure à la fin de l'exercice de tir. On vous l'enfonce dans le crâne : contrôles et sécurité priment. Un camarade, Istria, est certain que son arme n'est pas chargée. Il pointe son canon dans toutes les directions, au ciel, sur vous. Tu le vois faire – sans réagir. Santos insiste pour qu'il vérifie la chambre. Istria abaisse enfin sa mitraillette, ouvre la chambre, une balle en tombe. Rollins se tient tout près. Santos avance sa jambe, recouvre la balle de son pied. Son visage n'exprime rien. Istria, lui, a pâli, il est blême, livide. Tu n'as rien raté de cette scène.

Sur un ton neutre, me regardant, tu as déclaré :

– C'est sûr, on a frôlé la catastrophe plusieurs fois pendant ces six mois de formation.

Et des portraits d'inconscients, tu en as dressé !

Dans un tout autre registre, je n'ai pas raconté non plus que, dès que vous le pouviez, la nuit, au régiment, vous maniganciez des commandes Uber.

On venait à vélo vous livrer la bouffe que vous récupériez discrètement à la faveur de l'obscurité…

Dimanche, tu es reparti et j'écris. Mais bientôt, je cesserai d'écrire ce tournant dans notre vie. Car plus que deux semaines et ce sera fait, tu seras devenu militaire du rang. L'angoisse, nous apprenons à la juguler tant bien que mal. En nous accrochant à ta joie. En retenant ça : tu as trouvé une raison d'être, tu veux servir – bien que ce sens du devoir se manifeste très différemment du mien. Tu ne recules pas devant l'idée du sacrifice ultime pour protéger l'autre. Et la part la plus sombre de l'homme, tu veux bien l'affronter.

Tu sembles si *vivant* et jamais tu n'as semblé si *vivant*.

Si rempli d'allégresse.

Je suis sonnée. Sonnée par la mort d'un collègue. Il était mal, vendredi, au travail. On l'a convaincu de se rendre aux urgences. Il ne le voulait pas. Attendre des heures, non, il ne pouvait pas. Il minimisait son état, prétendant que sa fatigue brutale était juste un malaise passager, sans gravité, que le gonflement de sa jambe, vraiment, il ne fallait pas s'en soucier. Les urgences seraient débordées et il ne serait pas un cas prioritaire. Il irait mieux dans quelques jours, nous avait-il assuré.

Dimanche soir, il est tombé dans l'escalier de son immeuble et il est mort. Lorsque ses voisins l'ont découvert, ils ont appelé le SAMU. Trop tard, notre collègue n'a pu être réanimé. Je suis sonnée.

Je suis sonnée parce qu'on ne meurt pas qu'à la guerre, c'est comme si je l'avais oublié. On peut aussi mourir chez soi d'une mauvaise chute dans l'escalier.

Tout à coup je me sens égoïste, honteuse et ridicule. Maudis mon nombrilisme. Je pense à la mère de mon collègue qui me devient terriblement présente, proche. Son fils n'avait que trente-deux ans. Je l'imagine, cette mère, dévastée. Le père, dévasté. La sœur, dévastée. Leurs visages tordus par la douleur, la perte.

En moi-même, je me répète inlassablement « mon collègue est mort », « mon collègue est tombé dans l'escalier et il est mort ».

La toute dernière épreuve à surmonter, c'était la grande marche, cent kilomètres avec un sac énorme sur le dos, les bretelles qui entaillaient les épaules, la sangle qui pinçait le ventre. Cent kilomètres avec l'arme et le casque. Les réserves d'eau parce qu'il faisait très chaud pour la saison, encore une anomalie climatique. Pas d'ombre ou très peu. Des côtes, des pentes vraiment raides, des descentes, un terrain accidenté. Vos pieds en sueur glissaient dans les bottes militaires. Cloques. Orteils lacérés. Les chairs étaient à vif, vous compariez vos plaies. Tu nous as parlé de la transpiration qui dégoulinait sur vos visages. Le soleil qui tapait le long des routes, qui tapait le long des chemins. Tu as eu si soif, tu n'as jamais autant bu. Trois jours de marche. Deux abandons. Mboa évacuée à l'hôpital, elle s'est de nouveau effondrée dans un fossé, vous avez dû la porter jusqu'au GBC (ce véhicule tactique à trois essieux moteurs « *destiné à transporter du personnel, du fret ou des abris et à assurer des missions spécialisées de dépannage et de ravitaillement en carburant* »). Son deuxième épisode d'insuffisance rénale. Preuve à l'appui : elle t'a envoyé le résultat de la prise de sang, le document imprimé par le laboratoire, le chiffre préoccupant s'est affiché en gras sur l'écran de ton téléphone.

Tu as traversé de magnifiques paysages. Tu as brandi la photo d'un crépuscule splendide : le soleil rougeoyant s'enfonçait derrière une colline boisée, le ciel et les arbres paraissaient en feu. Vous avez longé des maisons nichées au bord d'une rivière, d'un lac scintillant, arpenté des chemins de contes de fées, contemplé des panoramas sublimes. Tu les admirais avec les copains, suants, haletants, harassés.

Tu n'as jamais eu aussi mal aux pieds mais tu n'as que deux grosses ampoules : au salon, tu les as exhibées. Le chat s'est intéressé au sujet, frottant sa tête contre tes pieds ; il était tenté de les mordiller, a changé d'avis. Nous souriions tous ensemble. Pauvre bête qui ne comprenait rien. Mais elle a saisi que nous t'aimons et que tes pieds étaient au centre de notre attention.

Pour alléger ta charge, tu as expliqué avoir pris le moins de vêtements de rechange possible. Trois jours durant, tu as porté la même paire de chaussettes, le même short cycliste, le même T-shirt, le même treillis. Car oui, vous avez marché en treillis par trente degrés à l'ombre (au mois de mai !). Le soir venu, tu disposais tes habits trempés autour de toi, à plat, pour qu'ils sèchent pendant la nuit. La place ne manquait pas pour étendre tes affaires puisque vous avez dormi dans des salles de sport. Tu tenais tellement à atténuer le poids de ton sac que tu as aussi décidé de te priver des rations militaires qui te rebutaient – et tu as surjoué ton envie de vomir quand tu reniflais le poisson ou la saucisse : « *Urk! Urk! Urk!* » Mais jeûner t'a coûté de la force, de l'énergie, tu n'as pas pu pousser les plus fourbus dans les montées. Rollins t'a réprimandé, sa déception t'a atteint. Mercredi, le troisième jour de la marche, tu as mangé, tu as aidé, soutenu, été un bon camarade. Rollins t'a félicité. Tu voudrais intégrer sa section, ton estime pour lui n'a jamais vacillé.

Tagawa n'a pas pris part à la marche, sa plaie mettra des semaines, des mois à guérir. Comment a-t-il pu garder le silence? Taire sa terrible blessure? Je pense à son courage, aux douleurs qu'il a dominées. À son obstination, à sa persévérance, comme à celles de Brochet et Mboa. Fleur a été au-delà de ses limites, se retrouvant hospitalisée à deux reprises pour une défaillance rénale. On vous l'a inculqué : tant que ce n'était pas cassé ou arraché, on n'en parlait pas, et vous vous êtes conformés à cette injonction jusqu'à nuire à votre santé, et vous en êtes fiers, hélas.

J'ai demandé combien pesait votre sac :

– Je sais pas, vingt kilos au moins.

Vous portiez six chargeurs avec votre arme. Laquelle ? Tu as répondu :

– L'HK toujours.

La semaine prochaine, dernière semaine de formation. Vous vous entraînerez au combat rapproché, au corps à corps. Vous apprendrez comment tuer l'autre tout près de vous, au couteau et par d'autres moyens, à coups de poing, à coups de crosse. Vous apprendrez à vous défendre de celui qui veut votre mort.

La semaine prochaine, vous saurez enfin quelle compagnie et quelle section vous intégrerez. Tu crains par-dessus tout l'une des quatre compagnies du régiment, où se planqueraient des racistes.

Samedi prochain se déroulera l'ultime cérémonie de votre formation initiale, les parents, les familles y sont invités, nous viendrons, nous ferons le déplacement. À l'issue de celle-ci, vous serez soldats, militaires du rang dans l'Armée de Terre. Secrètement, j'ai parfois espéré que tu n'irais pas jusqu'au bout. Mais tu y es arrivé, et bientôt tu commenceras les missions Sentinelle et les OPEX. Je serai inquiète, j'attendrai anxieusement tes retours. Ton père aussi.

Avec ta formation qui se termine, l'écriture s'achève. Ce récit de notre séparation. Je n'ai pas pu échapper à sa retranscription. Mais je crains que vous ne soyez déçus à sa lecture (si ton père et toi finissez par le lire). J'ai confié mes appréhensions à ton père, il a répondu :

– Tu as fait un portrait horrible de moi ?!

Nous étions dans notre chambre, ton père était couché à côté de moi. La tête sur l'oreiller, je me suis tournée vers lui :

– Non ! Mais tu sais que ce n'est pas ça qui me préoccupe. Je t'ai écrit, j'ai écrit notre fils, je nous ai écrit tous les trois…

– Ton livre, je ne le lirai pas, tu le sais bien.

– Peut-être mais il existera. Nous sommes dedans. Notre histoire est écrite. Je l'ai racontée…

Du tac au tac, ton père a rétorqué :

– Et alors ? On est tous l'histoire de quelqu'un.

L'assertion, son souffle, m'a soulevée hors du lit, m'a projetée au salon, j'ai atterri sur notre illustre canapé (dont un ressort a protesté). Ton père s'est levé et m'a suivie. L'ordinateur sur les genoux, j'ai consigné prestement ses mots, ouf, ouf, ouf, ils ne m'ont pas échappé ! Ton père avait parlé dans une autre langue, je lui ai demandé de se traduire, il l'a fait, j'ai tapé la traduction sous ses yeux. Je la lui ai lue à haute voix. Il a acquiescé. Je n'avais pas déformé sa pensée. Grâce à elle, j'étais comme disculpée.

Je me suis recouchée, mais impossible de dormir, j'écoutais la nuit, ses bruits, longtemps ; j'écoutais les années, les six derniers mois, les paroles précieuses inscrites ici, au creux des heures noires ou lumineuses de ces longues semaines.

Au réveil, encore au lit, ton père, à côté de moi, a consulté un message envoyé cette nuit : « C'est dur. » C'est tout ce que tu as écrit à ton père, nous ne savons rien de plus. Alors nous songeons aux coups de poing que tu assènes, que tu encaisses. Ce que l'on vous inculque : comment donner et parer les coups de couteau, comment et où enfoncer la lame profondément et de toutes ses forces, entre les côtes de l'ennemi ou sous le menton, d'un geste habile, habile et odieux, habile et ignoble car répété, car perfectionné. Comment lui briser les os, lui éclater ses articulations (lui crever les yeux ? Je l'imagine...). Mais tu dois d'abord sauver ta vie : vous apprenez à protéger votre jugulaire, à trancher la carotide de l'ennemi. Tu distribues, tu récoltes. Coups de poing, de coude, de pied, vos corps mélangés, imbriqués, qui roulent au sol, les clefs de bras, vos mains qui étranglent, vos dents qui mordent, vos genoux qui écrasent, les images accourent, s'imposent, je ne sais pas leur résister, elles arrivent parce que je sais que tu me les rapporteras, tu me les décriras, nous n'y échapperons pas, on pense à la sale besogne des armées partout dans le monde.

Et des visions cauchemardesques s'insinuent à l'improviste entre deux actions familières, la lointaine séquence d'entraînement infiltre ma routine.

Mais les scènes violentes que mon imagination tourmentée recrée, elles existent, elles sont vécues, elles se déroulent véritablement. Elles appartiennent à la réalité, à ta réalité, et par ricochet à ma réalité, bien qu'elles demeurent inaccessibles à mon regard.

La main de l'angoisse est sur ma gorge, entoure mon cou. Mes mains saisissent son poignet et l'arrachent de là.

Tes six mois sont terminés. Nous t'avons rejoint là-bas, dans la ville de ton régiment, pour la cérémonie de remise des fourragères, dormant vendredi soir à l'hôtel.

Mais je ne peux pas décrire la cérémonie, pas tout de suite, les forces me manquent. Je reviendrai à elle un autre jour, oui, je l'écrirai plus tard, quand j'en aurai la force. Je m'accorde un délai.

Après la cérémonie, samedi matin, tandis que nous attendions notre train retour, au Café de la Gare, tu nous as raconté le C4, sigle de « combat corps à corps adapté au combat (de haute intensité) », l'ultime stage (d'initiation) de votre formation inaugurale. Violence de l'expérience : vous avez dû vous battre les uns contre les autres. Copain contre copain, à mains nues. Ou presque puisque vous portiez des gants. Et des casques de protection. De toutes vos forces, vous cogniez. Vous vous êtes frappés les uns les autres avec des armes de poing, des armes d'épaules, vos chargeurs, le bout du canon de votre HK et des couteaux. Cela ressemblait à de la boxe, de la boxe thaïe ou à du krav-maga. Tu as parlé de la neutralisation de l'adversaire, de la tactique de saturation : taper jusqu'à ce que l'adversaire ne puisse plus réfléchir à sa défense. Tu as bloqué, immobilisé, cogné. On t'a bloqué, immobilisé, cogné. Tu nous as montré tes bleus : « Presque rien ! » Tu nous as parlé d'analyse de l'environnement. De la reprise de ton souffle et de ta vision périphérique. Du formateur, si puissant, si violent. Intimidant, effrayant. Pendant les entraînements, vous portiez vos gilets de combat. Au moment de l'évaluation, votre sac de patrouille. Gros et lourd, il encombrait, entravait vos mouvements. Vous étiez debout, vous êtes tombés, à genoux ou de tout votre long, vous avez roulé par terre, vous avez reçu des coups, allongés ou recroquevillés au sol, sur le ventre ou sur le dos. On vous a tordu le bras, l'épaule, le cou, la face. Il y a eu un nez cassé, une mâchoire déboîtée, un genou pété. Vous étiez agressifs, sans pitié. Vous deviez l'être, on vous l'ordonnait. Tu nous as raconté les deux plus beaux combats – entre deux bons camarades. Tu nous as décrit l'attitude au combat de celui qui sera aumônier, lorsqu'il faisait mine d'enfoncer le couteau dans le corps de son adversaire. La lame acérée au-dessus du ventre vaincu, retirée comme dégoulinante de la plaie cramoisie, des vêtements rougis, gluants. Il criait :

– Je t'ai tué ! Je t'ai tué ! Tu es mort ! Tu es mort !

Mais l'instructeur hurlait :

– Non ! Continue ! Frappe-le encore ! Le combat n'est pas fini ! Il n'est pas mort ! Frappe ! Frappe ! Frappe !

Et le chef Mansouri commentait, criant lui aussi :

– Puisse Dieu te pardonner !

Et il criait encore :

– Tu réciteras des Ave Maria ! *Padre de la muerte !*

Ma compassion pour le futur aumônier, poussé au bord de l'horreur. Le meurtre au bout du couteau. La mort à la pointe de l'esprit, quelle prière est montée en lui ?

À la gare, en t'écoutant, et dans la soirée, lorsque nous étions rentrés, j'ai pensé au pape François, affirmant que les hommes doivent accompagner jusqu'à la mort, sans la provoquer. La vie est un droit, pas la mort. Le chef de l'Église catholique insistait, la mort devait être accueillie et non donnée ou administrée. Un principe éthique qui ne concerne pas que les croyants et les chrétiens. Il se prononçait sur l'euthanasie. Mais je me suis demandé : à la guerre, comment les aumôniers des armées vivent-ils leur mission auprès des soldats ?

Quand nous sommes rentrés, j'ai repensé à cet engagé-là, le futur aumônier, j'ai voulu en savoir plus sur la charge si particulière qu'il a choisie.

Sur internet, j'ai lu qu'en 2021 l'Armée française comptait 357 aumôniers des cultes catholique, protestant, israélite et musulman. Qu'en opération leur fonction va au-delà de l'accompagnement de la foi des soldats engagés sur une terre étrangère. Lisant des articles, des témoignages en ligne, j'ai découvert que les aumôniers conseillaient parfois l'état-major, qu'ils pouvaient intervenir tels des diplomates. En OPEX, ils pouvaient tenter, prudemment, modestement, d'instaurer un dialogue, des liens, même ténus, entre les belligérants. Un aumônier estimait que lorsque l'on se connaissait, il devenait plus difficile de s'exterminer (comme on voudrait le croire !).

Sur le front, ils ne combattent pas : ils écoutent. Posent une main sur une épaule, tiennent un regard. Au Mali, à tout moment, ils étaient six, déployés avec les forces armées françaises. À la guerre, au moment où l'on *donne* la mort (quel cadeau), où l'on risque sa vie et celle de son frère d'armes, les dilemmes et les questions métaphysiques déboulent, on n'est plus à l'entraînement, c'est pour de vrai. La mort du copain à quelques pas de soi. Les copains fauchés, cinq, dix, cinquante, hantent les esprits. La mort que l'on a prise à pleine main. Le mort que l'on a empoigné, tiré vers un mur, au fond d'un fossé, d'une tranchée. Dans le bruit des armes, être les survivants. Avoir sauvé sa peau, tout juste. Et pas celle d'un autre.

Les aumôniers écoutent les silences, les mots qui manquent, les fantômes qui encerclent. La perte, le désarroi, la peur, la panique, l'effroi, les doutes, les failles, les solitudes – triste cortège. Ils apaisent, un peu. Repoussent l'épouvante, un peu. Tentent de préserver les âmes de la haine, des déchaînements de violence, de la sauvagerie humaine, de tous les vertiges. Entendent ceux qui vomissent, qui sanglotent, derrière les portes (parce qu'on dégueule et on pleure derrière les portes, on se frappe le cœur et on se mord le poing). Ils sentent la peur. Ne ferment pas leurs nez, leurs oreilles, leurs yeux. Voient les corps qui tremblent. Voient les mutilés, les brûlés (parce que les bandages, ça ne cache pas, ça révèle). Respirent l'infection, la sueur, l'angoisse. Apportent l'espérance, un peu. L'amour résiste dans leur regard, il les déborde. Pendant que le massacre ou la mission s'accomplit.

À la gare, tu avais dit :

– L'aumônier, il ne se battait pas comme les autres. On sentait qu'il ne voulait pas tuer. On sentait qu'il était près de Dieu.

Tu n'étais pas comme lui :

– Je suis prêt à tuer. Je veux connaître le champ de bataille et la peur.

Au salon, j'ai continué à lire les informations que je glanais sur les aumôniers des armées et je suis tombée sur ces paroles d'un *padre* rapportées par un journaliste : à la guerre, « *le masque de la société de consommation tombe, on croise les gens dans leur vérité, on n'est jamais sûr de revenir et nous en sommes tous là* ». Et je me suis souvenue de ce que tu m'avais dit de Rollins, souvent exaspéré par les conversations des « civils ». Le caporal-chef te prévenait :

– Tu verras qu'un jour, ce que les civils te disent, ça te paraîtra n'avoir aucune importance et aucune profondeur. Il y a des conversations qui te sembleront désespérément vides. Les petites contrariétés et les grandes jalousies t'horripileront. Prépare-toi à ça.

C'est exactement ce que tu avais décrit, revenant de l'anniversaire de Ludo. Les disputes d'étudiants, les ambitions de ces apprentis ingénieurs, leurs projets, ils te paraissaient vains et creux – inconséquents et absurdes.

Pendant ce temps, dans les médias, la propagande guerrière enfle.

Je m'arrête pour aujourd'hui, je suis à bout de forces.

Sans gêne ni culpabilité apparente, sans être indélicat non plus, tu as déjà dit en public : « Ma mère est bizarre. » Tu l'as répété, une fois de plus, devant moi, au caporal-chef Rollins, à l'issue de l'ultime cérémonie. Et ton affirmation ne l'a pas perturbé outre mesure, il en a vu d'autres…

L'ange Rollins. Devant nous, tu lui as aussi dit ceci :

– Vous êtes un ange, caporal-chef.

Car il a été le seul à ne pas se moquer, à ne pas brutaliser. Lui s'est retenu. Un modèle. Il a été le seul qui, sans faillir, a encouragé, conseillé, soutenu, inspiré. Il n'a pas refusé ton compliment. Sans crâner, humble, comme à regret, il a répondu, sans la moindre hésitation :

– Il en faut bien un.

Il a réussi à le dire avec modestie et sincérité. Il m'a bluffée.

Et Mansouri. Quand tu nous as présentés au sergent-chef, j'ai découvert, stupéfaite, que l'homme était à peine plus grand que moi. Et j'ai trouvé le moyen de l'embarrasser, en commentant ses reparties théâtrales dont tu nous avais régalés – et je l'ai vu baisser les yeux et très légèrement rosir. Contre toute attente, Mansouri se révélait plus tendre, plus timide ou plus sensible que viril ou martial. Ah, nos préjugés…

Alors que je m'apprête à conclure ce journal, je t'ai confié mes scrupules et quelques dilemmes d'écriture. Tu les as balayés :

– Tu écris comme une civile.

Tu as divisé le monde. Tracé une démarcation entre nous.

Tu nous as raconté tes expériences et je les ai écrites. Je pensais vouloir fuir cette histoire, l'ombre noire de la guerre. Je me suis trompée. Ton histoire, sombre et lumineuse, est aussi mon histoire. Ton histoire n'est pas seulement la tienne ou la mienne. C'est l'histoire des autres engagés, d'autres militaires du rang. Et votre histoire est un peu de notre histoire. Cette histoire est un peu l'histoire de toutes les mères, de tous les pères qui voient leur fils grandir et partir. Pas seulement l'histoire des mères et des pères dont les enfants se préparent à la guerre.

C'est juste l'histoire d'une mère et d'un père qui attendront leur fils. Dont les retours seront toujours une fête. Notre fils, celui qui part et qui revient. Celui qu'on attend.

Qui rédige des comptes rendus militaires. Vous avez été instruits sur l'importance de ceux-ci. Vous avez été entraînés à en rédiger. Tu m'as décrit les règles à suivre, la mise en forme à respecter. Tu ne m'as pas parlé de l'article D4122-3 (alinéa 2) du Code de la défense, lequel précise que le militaire « a le devoir de rendre compte de l'exécution des ordres reçus. Quand il constate qu'il est matériellement impossible d'exécuter un ordre, il en rend compte sans délai ». De quoi vous décourager de ne pas exécuter les ordres. Et le danger se tapit (parfois, peut-être) là. Je suis allée lire ce qu'un jour, plus tard, sans doute tu liras, des extraits du Code de la défense. Quant à moi, sans délai, je rends compte de mes émotions, qui ressemblent encore à des ronces à l'intérieur de mon corps, leurs épines me déchirent, elles griffent mes viscères et mon pauvre cœur. Mais je ne souffre que d'un désarroi de mère, me dira-t-on. Et ça s'ignore, un désarroi de mère. C'est une échelle de douleur mineure, une mère – une pauvre femme, une folle.

Il me revient une peccadille. Je crois bien que des cinglés t'ont dit ceci : « L'hosto c'est la cata, l'Éduc nat c'est la cata, la justice c'est la cata, et les secteurs en crise vont se multiplier. Au moins, en temps de catastrophe, l'Armée est une institution qui devrait pouvoir tenir… Et la soif d'ordre des masses et des gouvernements, elle a de l'avenir devant elle… » De chair ou de papier, de drôles de personnages s'expriment chez nous.

La cérémonie. Nous y sommes arrivés en taxi et très en avance. Elle se déroulait dans un village médiéval, où nous nous sommes promenés en attendant l'heure du rendez-vous.

Juin est arrivé, ta formation est terminée, tu intègres l'Armée, nous nous le répétons, éberlués. Le soleil brille, le ciel est bleu, le vent caresse le paysage et nos âmes stupéfaites. Nous déambulons, ruminant l'événement de ton intégration. La silhouette d'une tour, d'un clocher, un frontispice sculpté nous émerveillent. Mais jamais nous ne serions venus ici si ce n'était pour cette cérémonie. Pourtant maintenant ton père imagine venir vivre à la campagne, continuer à vivre près de toi, ici même peut-être, pourquoi pas. De mon côté, je considère les collines aux pentes si raides, si dures à gravir à bicyclette. Je pense à notre appartement, celui où tu as grandi, que je ne veux pas quitter. Nous flânons, admirant un encorbellement, un escalier à vis, l'encadrement d'une fenêtre ancienne, le tympan d'un portail d'église et, allongé en plein soleil, un chat noir et poussiéreux qui cligne des yeux en nous apercevant. Nous passons sous un porche, une arche, auprès des vestiges d'un chemin de ronde. Enfin nous débouchons sur la place où se déroulera la cérémonie. Ton père s'assoit sur un muret à l'ombre d'un acacia, contre trois plants de rosiers. Je m'assois plus loin, dans l'herbe et la lumière. Ton père m'appelle, voulant que je m'installe auprès de lui mais soudain, non, il me repousse, des coccinelles grouillent sur la pierre où j'allais m'asseoir. La pelouse m'accueille, mes fesses n'écrasent que de l'herbe tondue, rêche, piquante qui se relèvera après mon départ. Nous attendons, observant les préparatifs, l'installation du matériel. Les familles arrivent petit à petit, nous les observons. Il y a maintenant du monde. Une petite centaine de personnes – émues comme nous. On ne se regarde pas trop, on ne se dévisage pas, on reste entre soi, on se parle doucement. Nerveusement, impatiemment, on vous attend. J'aperçois quelques grand-mères dans la petite foule nerveuse. Je repère une jeune femme blonde, haut perchée sur d'immenses talons aiguilles, ses longues jambes, si fières et si insolentes, sont mises en valeur par une robe blanche ultra courte. Marina ? Tu me la présenteras tout à l'heure, c'est effectivement la copine de Santos – Marina prof d'espagnol et future gendarme. Les forces de l'ordre offrant peut-être davantage de perspectives de carrière que l'Éducation nationale à l'approche du cataclysme…

Nous ne hurlons pas, pourquoi ? Pourquoi sommes-nous si calmes, si sages, si dociles ? Pourquoi une clameur ne s'élève-t-elle pas de cette petite foule ? Elle dirait, cette clameur : « Non ! N'armez pas nos fils et nos filles ! » Elle serait reprise en chœur, cette prière, par toutes les mères du pays, tous les parents du monde. Mais je ne crie pas, personne ne hurle. Nous sommes tenus en laisse mieux que des chiens – et par nous-mêmes. Nous sommes la main et le collier. Pourtant, je veux le croire, sous notre apparente maîtrise, nous réprimons une protestation violente, une émotion éruptive. Et un jour proche, nous arracherons nos colliers, nous lèverons le poing, nous nous redresserons ensemble, réclamant partout la paix, seulement la paix. La paix et la vie.

Et puis vous surgissez au bout de la rue, en uniforme et en képi ! Et vous n'êtes plus qu'une vingtaine, alors que vous étiez plus de cinquante au commencement. Comme la troupe s'est réduite ! Vos parents, vos familles, vos proches, vos amis sont là, embarrassés, endimanchés. Je nous regarde, médusée, incrédule tandis que le ciel s'assombrit et il me semble qu'il devient, ce ciel, de plus en plus grave, de plus en plus sévère – hostile. Bientôt des nuages dangereusement gris pèsent sur la cérémonie. On espère que l'orage n'éclatera pas, alors que le vent fraîchit, je le sens sur la peau nue de mes bras. Je suis en sandales, sans parapluie et sans veste, tendue vers le cérémonial, je peine à le croire, qui débute. Une mère assommée dans l'herbe verte.

Vous défilez et nous cherchons le visage du fils, de la fille, du mari, du petit copain, du frère, du petit-fils, du cousin, de l'ami.

Nous observons le décorum, le protocole militaire, l'atmosphère qui se veut solennelle. Nous frissonnons, c'est la peur, les nuages noirs, les bourrasques plus vives, mordantes. Les êtres chers en treillis, bottes et képi, arme à la main, ça nous impressionne, tous ces visages si jeunes, si lisses, ces cheveux trop courts presque rasés ou tirés durement en chignons serrés au-dessus de la nuque. Cette jeunesse qui ne refuse pas l'idée de la guerre. Qui accepte le risque. Se forme au maniement des armes. Apprend à se camoufler, à dégoupiller des grenades. Qui a visionné des crânes qui explosent, de la cervelle éparpillée.

Tu nous as expliqué ce piège basique, vicieux, conçu dans un pays en guerre. L'ennemi, pauvre, mal équipé, attachait à des arbres, et tendait des câbles fins en travers de la piste ou de la route. Et les soldats qui ne rentraient pas la tête dans leur véhicule blindé étaient décapités. Tu nous as parlé des véhicules de l'Armée française, équipés de grilles devant le pare-brise pour empêcher le câble de trancher les cous. Éviter les épouvantables décapitations – ce que l'armée américaine a connu dans je ne sais quel conflit sanglant – l'Afghanistan peut-être ? Cela t'a amené à nous parler des bords tranchants de l'habitacle de certains blindés, tu te demandes comment les ingénieurs ou les designers n'ont pas su repérer le danger qu'ils représentent. Rollins vous a prévenus :

– Gardez vos casques sur la tête à l'intérieur de ces véhicules. Et attachez vos ceintures. Si votre blindé saute sur une mine de cent kilos, l'engin sera soufflé dans les airs jusqu'à dix mètres, quinze mètres. Vous risquez de vous blesser si vous ne respectez pas les règles de sécurité.

Les règles de sécurité, à la guerre, on les respecte plus qu'ailleurs. On veut croire qu'elles protègent des vies déjà en danger.

Sur la place de ce village entouré de forêts, sous un ciel furieux, vous vous tenez en rangs, immobiles, tête haute, regard droit, les bras plaqués contre vos flancs.

Vous attendez, nous attendons, la tempête arrive. Les pâquerettes et des fleurs roses miniatures tremblent entre les brins d'herbe. Mes mains caressent la pelouse comme on caresse les cheveux d'une personne aimée, je cherche à me calmer. Un papillon m'aide, il volette tout près, une fourmi m'aide, elle escalade ma cheville gauche puis remonte le long de mon mollet. Je regarde autour de moi les jupes qui se soulèvent, les mains embarrassées qui rabattent promptement le tissu contre les jambes nues. Une casquette s'envole, tombe, roule dans l'herbe, elle est ramassée. Le tonnerre gronde. Nous redoutons la pluie et frissonnons. Çà et là on enfile un pull, un gilet.

J'attends et je me souviens, je me souviens de cette chanson que ton père m'a fait écouter, ce chant militaire, *La Blanche Hermine*, il était accompagné de plans vidéos des forces spéciales françaises, ce chant m'avait arraché des larmes tandis que je l'écoutais sur mon ordinateur, posé sur mes genoux.

Nous attendons et la cime des arbres oscille, les rosiers plient, des pétales se détachent et chutent dans le dos de ton père – il n'en sait rien. Je contemple devant moi les fleurs minuscules qui frémissent entre les brins d'herbe tièdes. Discrète odeur d'herbe coupée. Odeur de terre chaude qui remonte du sol. Mais le ciel houleux s'assombrit encore. Grondements de tonnerre, cris des enfants qui ne tiennent pas en place, ils jouent, courent, sautent, se poursuivent autour d'un jeune arbre au tronc mince, éclatent de rire, trébuchent, se relèvent et reprennent leur ronde effrénée, insouciante. Votre ancienne insouciance d'enfant, à vous les jeunes recrues, elle a plié bagage.

Les adultes attendent, silencieux, tendus.

J'attends et je me souviens des paroles que j'ai lues :

J'ai rencontré ce matin
devant la haie de mon champ
Une troupe de marins
d'ouvriers de paysans
Où allez-vous camarades
avec vos fusils chargés
Nous tendrons des embuscades
viens rejoindre notre Armée [...]

Ma mie dit que c'est folie
d'aller faire la guerre aux Francs
Mais je dis que c'est folie
d'être enchaîné plus longtemps [...]

Elle aura bien de la peine
pour élever les enfants
Elle aura bien de la peine
car je m'en vais pour longtemps
Je viendrai à la nuit noire
tant que la guerre durera
Comme les femmes en noir
triste et seule elle m'attendra [...]

Et sans doute pense-t-elle
que je suis en déraison

De la voir mon cœur se serre
là-bas devant la maison
Et si je meurs à la guerre
pourra-t-elle me pardonner
D'avoir préféré ma terre
à l'amour qu'elle me donnait [...]

La voilà la Blanche Hermine
vive la mouette et l'ajonc
La voilà la Blanche Hermine
vive Fougères et Clisson !

Ton père m'avait envoyé un autre chant, illustré par des archives en noir et blanc :

Un jour d'octobre, loin de chez eux,
Parachutés près du Viêt-minh,
Six cents soldats au cœur de feu,
Prêts à mourir pour l'Indochine.

Leur âme est pure, leur foi profonde,
Leur volonté faite d'acier,
Que leur courage nous inonde,
Comme dans les combats de Tu-Lê.

Un jour de juin, vous êtes rassemblés en rang sur la place de la fontaine. Le visage sérieux, vous regardez droit devant vous. Enfin, un gradé prend la parole, c'est l'introduction, il vous met en garde : « Et si vous vous sentez tomber, ne tombez pas ! » Personne ne rit. Tu nous as raconté ces cérémonies où les familles n'étaient pas conviées. Ces si longues cérémonies où vous deviez vous tenir statiques si longtemps que certains d'entre vous s'évanouissaient et chutaient lourdement. Tu as dit que cela faisait *boum*. Que c'était effrayant. Comme la mort que cette chute préfigure. Mais d'une cérémonie, on se relève...

Le maire du bourg est là, avec son écharpe tricolore.

Vous regardez droit devant vous et vous écoutez les gradés qui vous lisent des discours de propagande patriotique. Qui ne me font pas vibrer, non, mon corps est un bloc de marbre. En revanche, vous tous, hommes en uniforme, vous m'intriguez irrésistiblement. Deux ou quatre haut-parleurs sur pieds, je ne sais plus, diffusent félicitations et encouragements, rappels historiques et valeurs martiales énoncées dans le micro – au cas où l'on n'entendrait pas assez bien. Des enregistrements de roulements de tambours et des coups de trompettes ponctuent le discours. De courts segments de *La Marseillaise* soulignent les moments-clefs de la cérémonie qui, bientôt, se conclut.

Voici qu'une silhouette kaki tourne autour de vous, un appareil photo à la main. L'homme porte l'inscription « équipe image » cousue sur son treillis. Vous êtes debout, raides, figés, strictement immobiles depuis une demi-heure. La cérémonie tire à sa fin, on vous parle d'un drapeau, de sa soie, de sa hampe, il est venu, le fameux drapeau, et le bout de tissu est reparti, encadré par six soldats. On accroche des décorations à vos épaulettes, des cordes. On vous dit qu'il y a de nouvelles pages à écrire au régiment, que vous en serez les auteurs. Les pères et les mères et les autres ont sorti leur téléphone portable et ont immortalisé la scène. Les jeunes enfants courent et jouent toujours autour de l'arbre au tronc mince. Assise sur le gazon, je suis la seule à écrire la scène, mon feutre étale les phrases noires sur les pointillés clairs de mon carnet ouvert devant moi, sur mon sac à main. Dernier garde-à-vous, dernier repos. C'est fini. La foule doit se déplacer, on reçoit cette instruction, on obéit en désordre. Vous allez défiler jusqu'au centre du bourg, le long de la rue principale, on doit vous suivre, c'est attendu de nous, un *pot de l'amitié* est organisé pour les familles.

Vous marchez en rang, entre les voitures garées de chaque côté de la rue, entre les familles éparpillées parmi les voitures. Vous entonnez un chant, nos cœurs se serrent :

La mort fauchant, rasant et dévastant
Décime nos rangs, frappant les survivants
Mais le soir venu, nous la chanterons
Sans rancune, car c'est un vieux compagnon

Le visage si concentré de Rollins quand il passe devant moi, chantant ces paroles. Mes larmes brûlantes retenues, ma vue qui se brouille, je renifle, les larmes coulent, je les essuie discrètement du bout des doigts. Ce sont toujours les mêmes questions, la même incrédulité : comment est-il possible que je sois là, que tu sois là, en uniforme kaki, les cheveux très courts, presque rasés, sourcils froncés, parmi ces autres jeunes en treillis tenant une mitraillette ?

Dont vous connaissez par cœur le numéro de série. Arme que vous devez en permanence garder avec vous. Contre laquelle vous avez dormi. La tienne brisant l'écran de ton téléphone portable pendant ton sommeil.

Nous vous rejoignons sous la halle aux grains où sont dressées des tables recouvertes de plateaux de petits fours et d'une sélection de boissons : eau plate ou pétillante, jus, sodas, bières. Il y a un court discours et on se précipite vers le buffet. Nous nous approchons de toi, qui tiens toujours ta mitraillette. Je suis étonnée :

– Mais il y a de la boue sur le canon !

– Oui.

– Tu n'es pas censé l'avoir nettoyée ?

– Si, mais quand même, je vais rester ce que je suis. Trop de propreté et trop d'ordre, c'est pas moi…

Mon visage incrédule, le tien amusé :

– Tu sais, je ne fais plus mon lit au régiment, et ça fait un moment !

Impénitent, tu ajoutes :

– Un lit au carré, on dirait un tombeau !

Tu souris :

– Je suis le plus désordonné des EVI !

Tu essaierais de me rassurer ?! Au début, tu pliais consciencieusement tes affaires. Du moins, tu t'y efforçais, ou tu faisais semblant. Et puis au fil des mois, à mesure que l'attention des cadres se relâchait, tu as cessé de les plier, tes mauvaises habitudes ont pris le dessus et la situation a empiré. Voilà ce que tu m'expliques. La semaine dernière, sergent Vila a regardé de plus près les alentours de ton lit. Il a ouvert la porte de ton placard et a découvert le pot aux roses. Le fouillis l'a décontenancé. Tu nous as décrit son visage osseux qui semblait devenir plus osseux encore, ses yeux globuleux, exorbités, de poisson, les mots qu'il ne trouvait pas, sa bouche ouverte, sa main qui retirait fébrilement les vêtements froissés des étagères, un par un, ensuite à deux mains rageuses, il s'est mis à débarrasser le placard de ce désordre, il a tout jeté. En tas sur ton lit.

Vernon, que tu as beaucoup poussé dans les côtes pendant les marches, a tout replié. À ta place, il a tout rangé méticuleusement sur les étagères.

Plutôt satisfait de toi, tu rapportes et tu t'amuses d'une remarque de Santos, il avait observé toute la scène :

– Je n'aurais jamais pensé croiser quelqu'un comme toi à l'Armée !

Là, devant nous, tu te vantes de n'avoir jamais révisé tes leçons et d'avoir réussi tous les contrôles, fier de ta nonchalance. Les autres t'en veulent un peu pour cette désinvolture, ça aussi, ça te plaît. Quand ils te questionnent sur le sujet, tu te justifies sans la moindre gêne – arrogant :

– En classe, j'écoute, c'est tout. J'écoute et je retiens tout !

Ta propension au désordre et ta décontraction se sont donc étendues à l'Armée…

Sous la halle aux grains, on grignote, on boit, ça parle. Tu nous informes, tu nous renseignes. Tu nous dis quelle compagnie tu vas intégrer, tu es déçu, tu ne rejoins pas le caporal-chef Rollins. Tu nous apprends que ta prochaine et première mission Sentinelle commencera à la fin du mois. En septembre, tu seras posté en Allemagne. Tu nous présentes à tes cadres. Ils expliquent, racontent la formation, ton évolution, tes progrès, commentent ta bonne humeur et ton esprit d'équipe, d'entraide, de solidarité, ils sont contents de toi. Quelques-uns de tes camarades viennent se présenter à nous. Et puis vous devez tous repartir pour le régiment, avant la permission en fin d'après-midi. Vous êtes appelés à vous remettre en rang, vous disparaissez, vous rentrez ensemble à la caserne en autocar militaire.

L'orage, brutal, éclate – un déluge. Des trombes d'eau s'abattent sur le village. Les ruelles en pente se muent en ruisseaux et cascades. Les canalisations débordent, les gouttières glougloutent. Nos chaussures sont éclaboussées par des billes d'eau bondissantes. Des flaques apparaissent sur le plat, elles s'élargissent rapidement. Sous leurs parapluies sortis de nulle part, les familles se dispersent. Nous restons, ton père et moi, au sec, sous la halle aux grains. La pluie martèle le toit de tuiles. Face à nous, un épais rideau gris brouille la vue. Alors s'avancent vers nous les parents de Mboa, ils se présentent, nous discutons. Sa mère évoque le C4, l'entraînement auquel sa fille n'a pas pu participer pour raisons de santé, sa fille qui ne mangeait plus les rations de terrain, tant elles l'écœuraient. Sa fille qui ne s'hydratait pas comme il l'aurait fallu – parce qu'elle avait réduit la charge de son sac à dos, ce poids qui bringuebalait durant l'ultime marche, l'éprouvante marche de cent kilomètres sous le soleil. Il faisait si chaud ! Cette mère évoque les insolations de certains gars, je les avais oubliées. Elle parle des pieds blessés de sa fille, de sa peau lacérée, de ses plaies sanguinolentes et douloureuses que tous les week-ends elle a soignés, les lavant, les enduisant de crèmes, de baumes cicatrisants, d'huiles, les couvrant de bandages et de pansements. Elle appelle sa fille sa « princesse ». Je rétorque :

– Une princesse rugueuse !

La mère répond :

– L'Armée, l'Infanterie, c'est son choix. C'est difficile mais on la soutient.

Nous avons cela en commun. Et les parents de Mboa s'en vont sous la pluie, disparaissant au coin d'une rue.

Nous restons, ton père et moi, seuls. Nous attendons encore – cette fois, nous guettons l'arrivée du taxi qui nous ramènera en ville. La pluie s'intensifie. Elle crépite. Les gouttes éclatent au sol comme des perles de verre. Vision magique. Ton père prend des photos. Odeurs de torrent, de pierre et de boue. Fraîcheur.

Nous sommes dans le taxi comme dans un sous-marin. La route, les forêts, les vallées, tout le paysage est dilué par l'averse. Les arbres, les haies ressemblent à des algues. On distingue à peine le camion devant nous, on dirait un bateau, les villages traversés sont indistincts, flous, des îles battues par le vent et la pluie. Et puis nous arrivons, nous sommes déposés devant l'hôtel, récupérons nos valises. Toujours, la pluie.

En ville, une nouvelle longue attente commence au fond d'une brasserie, avec la pluie scrupuleuse, appliquée, qui s'abat sans discontinuer. Elle s'acharne sur cette journée. Elle inonde les rues, noie les trottoirs.

Il y a ensuite la marche clapotante vers la gare. Nous évitons soigneusement les flaques les plus profondes. Mes pieds glissent dans mes sandales trempées. Le cuir distendu des brides déteint sur ma peau. Mais ma tête est à l'abri sous un parapluie rose pour enfant que j'ai acheté dans une boutique de seconde main en centre-ville, la seule boutique ouverte – son dernier parapluie. Cette trouvaille exagérément rose m'a coûté un euro. Sous le plastique couleur bonbon, je suis comme au cinéma, observatrice d'une scène dont je suis légèrement détachée tandis que nos corps dégoulinants montent vers la gare, que l'eau dévale la pente. Stoïque, ton père me précède, tirant derrière lui la valise à roulettes. Sous la pluie battante, il avance, encapuchonné dans son imperméable, que, prévoyant, il a pensé à emporter.

Au Café de la Gare, nous t'attendons, trempés. Nos vêtements et la valise gouttent sur le carrelage. Mon pantalon a changé de couleur, le tissu colle à mes jambes. De petites flaques se forment à mes pieds. Enfin tu arrives, on t'a déposé en voiture, tu es presque sec. Toi et ton père, vous achetez nos billets retours en ligne, sur vos portables. Tu bénéficies de 75 % de réduction, un avantage vanté par l'Armée sur son site. Pendant que nous attendons ensemble le départ du train, tu parles de ta future chambre, au régiment, au sein de la compagnie que tu intègres, où tu as déjà déménagé tes affaires :

– J'ai des sacs et des sacs de vêtements à trier…

Ton visage effaré quand tu mentionnes cette tâche ingrate, ça ne rigole plus !

– Je ne les plierai pas… Je ne pourrai pas…

Tu reviens sur les quatre derniers jours de formation C4. Tu nous parles du formateur, un sergent d'une autre compagnie de ton régiment, il criait :

– Arrêtez de vous caresser !

Vous deviez vous battre presque pour de vrai, le sergent surenchérissait :

– Je veux des guerriers ! Tapez ! Frappez !

Tu as étranglé, étouffé des camarades. À leur tour, ils t'ont étranglé, étouffé. Vous observiez les combats entre camarades, le sergent les commentait :

– Aucune technique, ces deux-là ! De vrais fumiers !

Et, au buffet de la gare, tu imites celui qui attaque, celui que se défend, tu es l'agresseur et la victime, tu es les deux à la fois, tu le fais très bien. Tu es devenu un acteur convaincant, drôle et inquiétant. Tu dis :

– C'était *Hunger Games*, ces quatre derniers jours.

Nous apprenons que le soir, quand tu te mouchais le nez au-dessus du lavabo, il y avait du sang sur la céramique blanche.

Tandis que tu parles fort, je regarde les clients autour de nous. Un homme étudie méticuleusement une carte dépliée sur la table, c'est un randonneur, son sac à dos repose sur la banquette à ses côtés. Un couple mange un sandwich, l'air distrait. Plus loin, un autre homme seul consulte un guide touristique et une femme seule écrit une liste. Près du comptoir, un autre solitaire boit une bière en complétant des sudokus. Nous ignore-t-on vraiment ? Est-il possible d'ignorer ton récit, ta voix forte, les actions que tu mimes ? Tes poings fermés, ton bras droit puis ton bras gauche que tu allonges, que tu replies au-dessus de la table ? Ta tête qui dévie soudain, évitant in extremis un uppercut ? Ces coups de poing portés à un adversaire invisible, dans cette salle de bistrot, avec cette pluie torrentielle qui noie l'esplanade de la gare, et la ville grise, liquide, et au-delà, les forêts luisantes, dégoulinantes, les rivières pleines, les ruisseaux débordants, les prés inondés, les chemins boueux, les vaches, les bêtes se réfugiant dans les étables, sous les arbres, des chênes, des châtaigniers ?

Peu importe, la voie de départ de notre train s'affiche, nous nous levons et gagnons nos places. Commence le long voyage au fond d'un wagon désert, qui sent le moisi, où nous frissonnons dans nos vêtements mouillés. Je grelotte, ne parviens pas à m'endormir. Alors, longtemps, à travers la vitre où roulent de minuscules billes de pluie, pluie qui réinvente le gris à l'infini, je contemple les forêts ruisselantes que nous transperçons, que nous assourdissons. Le train lacère le paysage, et je les regarde comme si elles avaient quelque chose à me dire, ces forêts blessées aux feuilles fouettées par la pluie diluvienne, fantastique.

Pendant ce temps, toi, tu dors, la tête contre la vitre, bouche ouverte – fragile dormeur.

Composition : Soft Office
Achevé d'imprimer
par Firmin-Didot à Mesnil-sur-L'Estrée en avril 2025

N° d'éditeur : 2941 – N° d'édition : 657478
N° d'imprimeur : 183846
Dépôt légal : mai 2025
Imprimé en France